Inhalt

Eckart zur Nieden

Schöne Bescherung!

Geschichten zur Weihnachtszeit

BRUNNEN

VERLAG GIESSEN · BASEL

© 2002 Brunnen Verlag Gießen
Umschlaggestaltung: Ralf Simon
Satz: DTP Brunnen
Herstellung: Ebner & Spiegel, Ulm
ISBN 3-7655-3732-2

„Du, Papa!"

Aus den Lautsprechern klang „Stille Nacht, heilige Nacht", obwohl es noch gar nicht so weit war. Es war erst der Samstag vor dem vierten Advent.

„Fahr du schon mit Oliver nach Hause!", schlug Frau Sellmaier ihrem Mann vor. „Ich besorge dann noch ..." Sie deutete mit den Augen auf ihren Sohn. Herr Sellmaier verstand.

So viel Vorsicht wäre aber nicht nötig gewesen. Es war so laut im Kaufhaus, dass Oliver gar nichts verstand. Außerdem blickte er fasziniert auf den Weihnachtsmann, der in einiger Entfernung vorüberging, den langen weißen Bart vorn und den vollen braunen Sack hinten über dem roten Mantel.

Oliver drückte sich instinktiv an Papas Beine, als die unheimliche Gestalt näher kam und als Papa sagte: „Komm, Oliver, wir gehen schon mal! Mama hat noch was zu erledigen", war der Kleine dann auch gleich einverstanden.

Auf dem dunklen Parkdeck sagte Herr Sellmaier: „Du brauchst doch keine Angst vor dem Weihnachtsmann zu haben! Der tut dir nichts!"

„Hab' ich aber."

„Der ist doch nur ... Ja, weißt du, du bist eigentlich groß genug, um das zu verstehen. Das ist doch gar kein richtiger Weihnachtsmann. Da hat sich nur irgendein Mann so verkleidet. Weil das den Leuten Spaß macht."

„Echt?", fragte Oliver und blickte zweifelnd zu seinem Papa auf.

„Ja. Ganz bestimmt."

„Woher weißt du'n das?"

„Dass der nur verkleidet ist? Na ja, das weiß man eben. Als Großer weiß man so was."

Oliver blieb skeptisch. „Wie kann man die denn unterscheiden?"

„Wie – unterscheiden?"

„Na, was der richtige und was der falsche Weihnachtsmann ist."

„Ach, Junge! Die sind doch alle falsch!"

„Alle?"

Sie waren beim Auto angekommen. Herr Sellmaier öffnete und hob seinen Sohn auf den Kindersitz. Während er ihn anschnallte, erklärte er: „Es gibt gar keinen richtigen Weihnachtsmann! Überhaupt keinen."

In Olivers Gesicht stand die Verwirrung geschrieben, die diese Auskunft auslöste.

Herr Sellmaier schloss die hintere Tür, stieg vorn ein und schnallte sich an. Ehe er losfuhr, drehte er sich zu seinem Sohn um und fuhr mit der Erklärung fort: „Weißt du, die Weihnachtsmänner ... also der Weihnachtsmann, das ist so eine Legende, oder ... das hat man sich nur ausgedacht, weil ... ja, ich weiß auch nicht, warum. Ist halt so."

Er startete den Motor und fuhr los. Die Geste hatte etwas von „Punktum" an sich, oder „Schluss jetzt".

Aber damit war Oliver nicht einverstanden.

„Der Nikolaus, Papa!"

„Ist auch nur ausgedacht!"

„Den gibt's auch nicht?"

„Sag' ich doch! Nein."

„Und das Christkind auch nicht?"

„Doch, das Christkind gibt es."

„Ach."

Herr Sellmaier schob die bezahlte Karte in den Schlitz an der Ausfahrt des Parkhauses und die Schranke hob sich.

„Du, Papa!"

„Was denn noch, Kind?"

„Warum läuft das Christkind nicht im Kaufhaus rum?"

„Du stellst Fragen!", knurrte Herr Sellmaier. Eigentlich eine überflüssige Bemerkung, wenn man's genau nahm. Er musste sich konzentrieren. Seine Frau fuhr nämlich immer langsam wie ein Ochsenkarren die eng gewundene Abfahrt hinunter, darum lag ihm daran, jedes Mal zu zeigen, wie schnell er das konnte, auch wenn sie gar nicht dabei war.

Oliver hatte kein Auge für die Fahrkünste seines Vaters. Seine Gedanken waren noch beim Thema von eben. „Ich meine, der Weihnachtsmann läuft da rum, dabei gibt's den gar nicht. Aber das Christkind gibt's, aber das ist nicht da."

„Ach, Oliver! Man kann sich doch nicht als Christkind verkleiden."

„Braucht doch keiner, wenn's das in echt gibt!"

„Na, damals gab's das Christkind in echt. Aber doch nicht heute!"

„Nicht?"

„Äh – doch, heute auch, irgendwie. Nur – verstehst du, damals war Jesus das Kind in der Krippe. Heute ist er auch da, aber er ist nicht zu sehen."

„Nicht zu sehen?"

Herr Sellmaier antwortete nicht, weil er gerade eine Lücke im Verkehr nutzen konnte, um sich auf der Hauptstraße einzufädeln.

Dann sagte Oliver: „Ach, jetzt versteh' ich's!"

„Wirklich?", fragte sein Vater.

„Ja, das Christkind verkleidet sich auch. Vielleicht wie ein ganz normaler Mensch. Darum sehen wir's nicht."

Das gab Herrn Sellmaier etwas zum Nachdenken, und deshalb antwortete er nicht.

Als sie die Stadt verließen und auf der Straße zu ihrem Dorf waren, wurde Herr Sellmaier durch die Stimme seines Sohnes aus seinen Gedanken aufgeschreckt: „Papa, gibt's denn die Engel?"

„Was für Engel? Wie kommst du denn darauf?"

„Na, die Engel bei den Hirten. Du hast doch gesagt, Jesus gibt es."

„Ja."

„Aber den Weihnachtsmann gibt es nicht."

„Nein."

„Und jetzt will ich wissen, ob's die Engel gibt."

Herr Sellmaier räusperte sich. „Ja, die Engel gibt es wirklich. Äh – nehme ich an. Also, die gehören ja zu der Weihnachtsgeschichte. Und da werden sie wohl ... Was du alles wissen willst!"

„Du nicht?"

„Ja, doch, ich würde es auch gerne genauer wissen."

Sie fuhren auf einer schmutzig-nassen Straße, die Landschaft rechts und links sah mit den kahlen Bäumen und dem Grau-Braun der Wiesen unwirtlich aus. Es gibt keine richtig weißen Winter mehr, stellte Herr Sellmaier betrübt fest. Andrerseits hatte er im vorigen Jahr, als es mal kräftig geschneit hatte, auch kräftig geschimpft. Für das Auto war dieses Wetter ja doch besser. Schließlich fuhr man nicht mehr mit einem Ochsenkarren.

„Du, Papa!"

„Ach, Kind! Ich weiß doch auch nicht mehr!"

„Aber was ich fragen will, das weißt du sicher."

„Na – was denn?"

„Die Engel – laufen die auch so im Kaufhaus rum wie der verkleidete Weihnachtsmann?"

„Hab' ich noch nicht gesehen", antwortete Herr Sellmaier. „Weißt du, Engel sind nicht so Figuren, wie man sie oft auf Bildern sieht, mit großen Flügeln und so ..."

„Meinst du, die haben gar keine Flügel?"

„Keine Ahnung. Aber ich nehme an, weil die Engel in

der Bibel immer plötzlich irgendwo erscheinen und auch in der Luft sind und so, da hat man ihnen Flügel angedichtet. Aber warum sollten Engel nicht auch ohne Flügel fliegen? Ich meine, wenn sie nicht der Schwerkraft und den Gesetzen der Aerodynamik unterworfen ... aber das ist für dich zu schwierig. Das verstehe ich ja kaum."

„Und haben sie dann auch kein so'n langes Nachthemd an?"

„Wahrscheinlich nicht", vermutete Herr Sellmaier.

„Aber was haben sie denn dann an?"

„Ich weiß es doch nicht!"

Jetzt kamen sie in ihr Dorf. Ein paar Sträßchen noch bis nach Hause.

„Du, Papa!"

„Lehmanns sind immer noch nicht fertig mit ihrem Fassadenanstrich. Jetzt schaffen sie's nicht mehr bis Weihnachten."

„Aber Papa, bei den Hirten auf dem Felde, da sind die Engel in der Luft geflogen."

„Das steht da nicht, glaube ich. Vielleicht standen sie auf der Wiese."

„Aber wie sind sie dann vom Himmel da hingekommen?"

„Die waren vielleicht schon da."

„Schon da?"

„Nur eben unsichtbar, bis dahin. Und auf einmal waren sie zu sehen."

Jetzt waren sie angekommen. Herr Sellmaier stieg aus, und Oliver kletterte von seinem Kindersitz herunter.

„Du, Papa. Im Kaufhaus ..."

„Mama hatte da noch was zu besorgen. Die kommt später mit dem Bus nach Hause."

„Nein, ich meine doch die Engel. Wenn die so unsichtbar sind ..."

Herr Sellmaier schloss die Haustür auf und schob seinen Sohn hinein.

„Dann gehen die vielleicht doch durch das Kaufhaus. Nur man kann sie nicht sehen."

„Möglich."

„Vielleicht sind sie sogar hier im Flur. Oder im Wohnzimmer."

„Meinst du?"

Herr Sellmaier zog erst sich und dann seinem Sohn die warme Jacke aus und hängte sie auf.

„Die Schuhe kann ich alleine ..."

„Okay. Zieh deine Hausschuhe an. Da stehen sie."

„Weiß ich doch, Papa!"

„So, jetzt machen wir's uns gemütlich!"

„O ja, Papa. Wollen wir was zusammen spielen?"

„Ich dachte eigentlich, du könntest alleine spielen. Ich lese dann etwas."

Sie gingen beide ins Wohnzimmer, wo Olivers Holzeisenbahn auf dem Teppich aufgebaut war. Mit einem psychologischen Trick versuchte Herr Sellmaier, seinen Sohn auf die Faszination des Eisenbahn-Spielens hinzuweisen. „Da unterm Sofa geht die Bahn wohl durch einen Tunnel? Ob der Lokomotivführer Angst hat, wenn er so ins Dunkle fahren muss?"

Es klappte. Oliver schob an der Bahn und beruhigte den imaginären ängstlichen Lokomotivführer. Sein Vater nahm sich die Zeitung vor.

„Du, Papa?"

„Hm?"

„Ich wünsche mir zu Weihnachten noch mehr Wagen für den Zug. Und Schienen."

„Ich weiß. Vielleicht kriegst du sie ja."

„Papa, von mir kriegst du was ganz Tolles zu Weihnachten!"

„Oh – da freue ich mich aber."

„Ich auch."

„Weißt du, mein Junge, das Schenken ist ja nicht das Wichtigste an Weihnachten."

„Nicht?"

„Nein. Schenken ist eigentlich nur Nebensache."

„Komisch. Und was ist das Wichtigste?"

Herr Sellmaier ließ die Zeitung sinken und überlegte. Das Ergebnis war allerdings eher dürftig. „Na ja, eben, dass Weihnachten ist, verstehst du?"

„Nee."

„Na, da ist damals Jesus geboren. Und das feiern wir eben."

„Ach so. Jesus hat Geburtstag."

„Ja, so könnte man sagen."

Herr Sellmaier hob die Zeitung wieder und widmete sich dem Wirtschaftsteil.

„Du, Papa!"

„Hm?"

„Wenn Jesus Geburtstag hat, dann müssen wir ihm doch auch was schenken!"

„Jesus was schenken? Unsinn!"

„Ein Geburtstagsgeschenk."

„Nein, nein, so ein Geburtstag ist es ja nicht. Ganz anders. Eben Weihnachten. Nicht, wie wenn du zum Kindergeburtstag gehst, oder so."

„Aber ein Geburtstag ist es doch, oder?"

„Ja, schon ..." Die Zeitung senkte sich wieder auf seinen Schoß. „Ach, Kind, ich weiß nicht, wie ich's dir erklären soll. Du fragst aber auch komische Sachen!"

„Brauchst du nicht, Papa. Ich hab's schon verstanden." Oliver saß mit angezogenen Knien da und stützte sich mit den Armen nach hinten ab.

„Ach, wirklich? Dann erklär du mir's mal!"

„Weihnachten ist ein richtiger Geburtstag, aber wir sind nicht eingeladen. Darum brauchen wir auch nichts zu schenken."

„Hm." Papa wiegte den Kopf. „Nein, ich glaube, das stimmt nicht. Eingeladen sind wir schon, irgendwie ..."

„Aber dann müssen wir Jesus auch was schenken!"

„Ach, Kind, was du immer ...! Jetzt spiel mit deiner Eisenbahn! Vielleicht bringt dir das Christkind ja ein paar neue Wagons!"

„Was liest du denn da, Papa?"

„Die Zeitung."

„Und was in der Zeitung?"

„Den Kulturteil."

„Was ist denn ein Kulturteil?"

„Da steht alles Mögliche, was man nicht unbedingt wissen muss, aber es ist manchmal trotzdem interessant."

„Was steht denn da?"

Oliver stand neben seinem Vater und zeigte auf eine Überschrift.

„Bethlehem – 2 000 Jahre danach!"

„Wonach?"

„Nach Weihnachten. Also, nach dem ersten Weihnachten, als Jesus geboren wurde. Das war nämlich in Bethlehem."

„Weiß ich doch! Ich kenne die Geschichte."

„Na, dann ist ja alles klar."

Es war offensichtlich, dass Oliver keinen Spaß mehr hatte am Spielen mit der Bahn. Er drängte sich an seinen Papa. Ebenso offensichtlich war, dass Herr Sellmaier großes Interesse an der Zeitung hatte, denn er versuchte, die Annäherungsversuche seines Sohnes zu ignorieren.

„Ich finde das gemein, Papa."

„Hm."

„Wenn er nun erfroren wäre!"

„Wer?"

„Jesus."

„Jesus erfroren? Wieso?" Notgedrungen musste Herr Sellmaier seine Aufmerksamkeit wieder dem Kind zuwenden.

„Wie er ein Baby war. Wenn Maria und Josef nicht zum Schluss noch den Stall gefunden hätten, wäre Jesus am Ende erfroren. Bloß weil der doofe Wirt sie nicht wollte."

„Na ja ... ‚wollte' – ich weiß nicht. Er hatte wohl keinen Platz. Sein Hotel war eben ausgebucht."

„Was für'n Buch?"

„Kein Buch. Das sagt man so, wenn das Hotel voll ist. Wie bei unserem Urlaub in Spanien. Weißt du noch?"

„Klar. Aber da war's nicht so kalt."

„Da hast du Recht."

„Und ich war auch kein Baby mehr."

„Stimmt!", nickte Herr Sellmaier. „Ich will nur sagen – wenn kein Platz da ist, ist kein Platz da. Da tut man dem Wirt von Bethlehem Unrecht, wenn man auf ihn schimpft. Jeder andere hätte Maria und Josef genauso abgewiesen."

„Ehrlich?"

„Sicher!"

„Du auch?"

„Ich auch. Wenn ich keinen Platz gehabt hätte!"

Oliver sah sich im Wohnzimmer um. „Aber hier haben wir genug Platz."

„Hier? Wie meinst du das?"

„Na, wenn Maria und Josef bei uns anklopfen würden."

„Tun sie ja nicht."

„Aber wenn!"

„Wir haben doch kein Hotel!"

„Aber Platz haben wir."

„Platz hätten wir, ja", gab Herr Sellmaier notgedrungen zu.

„Für Jesus", fügte Oliver hinzu.

„Ja, auch für Jesus."

„Vielleicht hätten wir sogar noch Pampers für ihn."

Diese Bemerkung seines Sohnes beschloss Herr Sellmaier unbeantwortet zu lassen.

„Du, Papa!"

„Hm?"

„Warum wohnen denn bei uns keine Tanten?"

„Was für Tanten meinst du?"

„Na, die ... die Alütanten, oder wie die heißen."

„Ach, du meinst Asylanten!"

„Ja, die."

„Ja, weißt du, das ist ein politisches Problem. Nicht eins, das uns persönlich betrifft."

„Ach so. Aber wo wir doch Platz haben ..."

„Aber doch nicht für ..." Herr Sellmaier schlug eine Seite der Zeitung um und achtete sorgfältig darauf, dass die Knicke genau ineinander lagen. „Das ist was ganz anderes."

„Warum?"

„Na, das sind so viele."

„Hm. Aber Maria und Josef würden wir bei uns wohnen lassen, oder?"

„Äh – nun ja, Kind, also wenn du mich so fragst ... ich bin mir nicht mehr sicher."

„Würden dich Maria und Josef stören beim Zeitunglesen, Papa?"

„Hm. Kann schon sein."

„Aber Jesus ist ja unsichtbar, hast du gesagt, der würde dich nicht stören."

„Ach, Oliver, da verwechselst du was. Als Jesus damals

geboren wurde in Bethlehem, da war er natürlich sichtbar. Nur heute eben nicht."

Oliver dachte einige Augenblicke nach. „Aber wir leben ja heute."

„Natürlich. Was willst du damit sagen?"

„Wo Jesus unsichtbar ist. Da können wir ihn doch ruhig bei uns aufnehmen."

„Tun wir doch auch."

„Echt?"

„Äh – na ja, schon irgendwie."

Endlich kehrt einigermaßen Wochenendruhe ein, dachte Herr Sellmaier zufrieden. Es war eine gute Idee, dem Jungen Nüsse, Rosinen und Mokkabohnen aus der Küche als Ladung für seine Eisenbahn zu geben.

Nun konnte er also endlich ungestört den Leitartikel lesen. Ein Kommentar zu den neuen Plänen der Regierung zur Familienförderung. Endlich schienen die da oben auch zu merken, wie wichtig Kinder waren!

Oliver sang leise und ziemlich ungenau vor sich hin: „Kommet ihr Hirten, ihr Männer und Frau'n ..."

„Schön singst du!", lobte Herr Sellmaier, durch die nun langsam eingekehrte Ruhe und den Leitartikel, der sich ganz mit seiner Ansicht deckte, leutselig gestimmt.

So ermutigt sang Oliver etwas lauter und etwas schiefer weiter: „Kommet, das niedliche Kindlein zu schau'n."

„Das ‚liebliche‘, nicht das ‚niedliche‘!"

„Ich finde aber schöner: das niedliche."

„Habt ihr das im Kindergarten gelernt?"

„Ja."

„Sehr schön."

„Du, Papa, kommt das im Fernsehen?"

„Was?"

„Das niedliche Kindlein, das wir uns anschauen sollen."

„Nein! Das Lied meint doch nicht uns! Ich meine, es ist nicht für uns gedacht."

„Nicht? Warum lernen wir's denn dann?"

„Na ja, wir singen es. Aber es ist so gedichtet, als wäre es für die Leute von damals. Die Hirten und Männer und Frauen von Bethlehem, verstehst du? Die sollten in den Stall gehen und das Kind anschauen. Jesus eben."

„Und wir sollen es nicht anschauen?"

„Können wir doch gar nicht! Das ist doch schon zweitausend Jahre her!"

„Ach so."

„Aber jetzt lass mich mal in Frieden meine Zeitung lesen!"

Um diesen Wunsch zu unterstreichen, hob er das Blatt hoch in der Absicht, dass es mit dem Sichtkontakt auch das Gespräch durchtrennen sollte. Diese erwünschte Wirkung trat allerdings nicht ein, jedenfalls nicht nachhaltig.

„Nun soll es werden Frieden auf Erden", sang Oliver. Nach einigen Augenblicken aber fragte er: „Du, Papa?"

„Hm."

„Was ist denn Frieden auf Erden?"

„Na, wenn sich niemand streitet. Weißt du, das haben die Engel damals so gesungen."

„Nee, nicht die Engel! Wir im Kindergarten!"

„Erst die Engel und dann ihr."

„Aber viele zanken sich trotzdem", gab Oliver zu bedenken. „Zum Beispiel der Kai …"

„Das stimmt. Vielleicht haben die Engel ja auch gemeint, dass Gott nicht mehr mit den Menschen zankt."

Der Versuch, die Seite „Aus aller Welt" zu lesen, ließ Herrn Sellmaier nur wenig Aufmerksamkeit für das Gespräch übrig.

„Du, Papa!"

„Ach Kind, ich wollte doch meinen Artikel lesen!"

„Warum singen wir das denn? Wenn das doch schon so lange her ist und wir das niedliche Kindlein doch nicht anschauen können!"

Herr Sellmaier erinnerte sich an seine pädagogische Pflicht und zwang sich zur Geduld. „Das Kind in der Krippe – das ist schon lange her. Aber der Friede auf Erden – das gilt heute noch."

„Aha."

„Also – äh – sollte wenigstens ..."

„Okay, Papa. Wenn du's auch nicht weißt ... Dann lies nur deine Zeitung. Ich lasse dich jetzt in Frieden auf Erden."

Wetterumschwung am zweiten Advent

Am Fuß des Berges überlegte Dorothee kurz, ob sie nicht doch umkehren sollte. Es war kein Schnee geräumt. Natürlich, die Hauptstraßen kamen immer zuerst dran. Und nach Waldhausen, dieser kleinen Siedlung oben am Waldrand, fuhr selten jemand. Am Sonntag erst recht nicht.

Aber Dorothee musste wohl. Zwei alte Frauen gab es da oben, die auf ihren ambulanten Pflegedienst angewiesen waren. Sie ließ sich von dem Gedanken beruhigen, dass sie die Ketten für den Notfall im Kofferraum hatte.

Es ging auch ganz gut. Sie fuhr im zweiten Gang möglichst gleichmäßig die Steigung hinauf. Nach einer Weile fiel ihr auf, dass ihre Bauchmuskeln sich verkrampften. Sie setzte sich bewusst zurück und atmete tief durch.

Gleich hinter der Kurve musste die steilste Stelle kommen. Aber wenn es so problemlos ging wie bisher ...

Da stand einer! Ein VW-Bus war quer auf die schmale Straße gerutscht. Die Zick-Zack-Spuren zwischen ihren beiden Wagen verrieten, dass der Fahrer vergeblich versucht hatte hinaufzukommen.

Dorothee musste anhalten. Da kam sie nicht vorbei. Sie fluchte halblaut vor sich hin und stieg aus.

Auch die Tür des alten VW-Busses ging auf. Eine Frau stieg aus, nur wenige Jahre älter als Dorothee, vielleicht vierzig oder fünfundvierzig. Sie blicke Dorothee deprimiert entgegen und breitete wie entschuldigend die Arme aus.

„Ich sehe schon, Sommerreifen!", stieß Dorothee hervor. „Ist Ihnen eigentlich klar, was Sie machen, wenn Sie mit Sommerreifen hier rauffahren? Nicht nur, dass Sie sich selbst in Schwierigkeiten bringen, sondern auch andere!"

„Es tut mir Leid", sagte die Frau leise.

„Es tut Ihnen Leid! So, so, es tut Ihnen Leid! Aber das nützt mir nichts! Ich muss da durch!"

„Ich könnte mein Auto bergab ganz an die Seite fahren, dann kommen Sie sicher vorbei."

„Durch den dicken Schnee am Rand? Niemals auf dieser schmalen Straße!"

„Ich fahre ganz rüber. Der Straßengraben ist da, glaube ich, nicht so tief."

„Aber ich haben meinen Schwung verloren! Da komme ich nicht wieder in Fahrt! Nur weil Sie so leichtsinnig sind! So rücksichtslos!"

Die andere stieg wieder ein und ließ den Motor an, ohne auf das weitere Schimpfen der Jüngeren zu achten. Das Manöver war nicht einfach. Dorothee musste selbst wieder einsteigen und ein Stück zurück rollen, um ihr Platz zu machen.

Dann stand der VW-Bus ganz am Rand im tiefen Schnee. Dorothee versuchte vorsichtig anzufahren. Aber die Reifen griffen nicht. Hatte sie es doch geahnt!

Sie rollte ein Stück zurück, um eine geeignetere Stelle zum Anfahren zu finden. Aber auch hier klappte es nicht. Die Räder drehten durch.

Die Frau kam. Sie stellte sich hinter ihren Renault, um zu schieben. Dorothee sah im Rückspiegel, wie sie sich anstrengte. Vorsichtig ließ sie noch einmal die Kupplung kommen.

Tatsächlich – das Auto setzte sich in Bewegung. Bald war die Stelle überwunden, an der sie eben stehen geblieben war, und dann auch die, wo der VW-Bus quer gestanden hatte. Vorsichtig fuhr sie weiter. Immer noch schob die Frau. Wahrscheinlich würde der Renault auch rutschen, wenn sie aufhörte.

Dann kam der höchste Punkt dieses Anstiegs. Hier neigte sich die Straße wieder etwas und Dorothee hatte gerade einen höheren Gang eingeschaltet, als sie im Rückspiegel die Frau sah. Sie war am höchsten Punkt stehen geblieben, stützte die Hände auf die Knie und war offenbar völlig außer Atem.

Bedanken sollte ich mich wenigstens fürs Anschieben, dachte Dorothee. Sie hielt an, öffnete die Tür, beugte den Oberkörper hinaus und rief: „Danke!" Die Frau, noch außer Atem und unfähig zu antworten, hob nur grüßend eine Hand zum Zeichen, dass sie verstanden hatte.

Dorothee hatte die Tür schon wieder zugezogen, als ihr noch etwas einfiel. Sie zog die Handbremse an, stieg aus und ging der Frau ein Stück entgegen. „Wollten Sie denn auch nach Waldhausen?"

„Ja", sagte sie nur. Anscheinend hatte sie sich wieder erholt und stand nun aufrecht.

„Soll ich Sie mitnehmen?"

Einen Augenblick zögerte die Frau, dann nickte sie.

„Das ... ja, gerne."

„Kommen Sie!"

Sie stapften nebeneinander zu dem Renault und stiegen ein. Das Anfahren klappte auf diesem leichten Gefälle problemlos.

„Ich ... äh ...", begann Dorothee, „ich war nicht besonders freundlich eben. Nehmen Sie's nicht so ... Es war mehr die Sorge, selbst nicht raufzukommen."

„Ist schon gut", sagte die andere. „Sie hatten ja Recht. Ich hätte nicht ... Na ja, aber ich musste unbedingt rauf."

Dorothee nickte. Die ist anscheinend ein bisschen wortkarg, dachte sie. Vielleicht auch ein etwas schlichtes Gemüt. Na ja, aber wenigstens kräftig, so dass sie mich schieben konnte.

Die ersten Häuser der kleinen Siedlung kamen in Sicht. „Wo soll ich Sie absetzen?"

„Ach, egal. Da vorn an der Scheune am besten."

Dorothee hielt und ihre Mitfahrerin stieg aus. „Danke fürs Mitnehmen", sagte sie nur.

„Danke fürs Schieben", erwiderte Dorothee. Die andere nickte und stapfte davon. Eine etwas seltsame Person, dachte die Pflegerin. Wirkt irgendwie abwesend. Nun ja, ich muss ja keine Freundschaft mit ihr schließen.

Sie legte den Gang ein und fuhr vorsichtig an.

Zwanzig Minuten später hatte sie ihre erste Patientin neu gebettet und versorgt und fuhr nun bei der zweiten vor. Frau Niburg war die alte Bäuerin auf diesem Hof. Ihre Schwiegertochter kümmerte sich rührend um sie, aber es gab eben doch Dinge, für die eine Fachkraft nötig war.

Eins der Kinder öffnete die Tür und grüßte wohlerzogen. Dorothee ging gleich die Treppe hinauf, sie kannte sich ja aus.

Sie klopfte. Aber statt dass die alte Frau Niburg laut „Herein!" rief, wurde die Tür geöffnet. Da stand die Frau, die Dorothee eben im Auto mitgenommen hatte. Für einige

Augenblicke standen sich die beiden überrascht im Türrahmen gegenüber, dann lächelte die Ältere.

„Ach so, kommen Sie nur rein, ich wollte grade gehen."

Dorothee nickte nur, ging hinein, stellte ihre Tasche ab und reichte der Patientin die Hand. „Guten Tag, Frau Niburg. Ich wünsche Ihnen einen schönen Advent!"

„Danke", antwortete die alte Frau, „danke, den hatte ich schon. Einen gesegneten Advent." Dabei strahlte sie, wie es Dorothee gar nicht an ihr kannte.

„Ach ja?"

„Ja, durch den Besuch."

„Von der Frau eben? Ach, da fällt mir ein ..." Sie eilte zur Tür. Die Besucherin war schon die alte, knarrende Treppe zur Hälfte hinuntergestiegen. „Hallo, Frau ... äh, ich kenne Ihren Namen gar nicht."

„Viehmann." Als sie sich umdrehte, bemerkte Dorothee in ihrem Gesicht ein ähnliches Leuchten wie auf dem von Frau Niburg. Eben hatte sie das nicht bemerkt, und überhaupt hatte sie so etwas noch nicht gesehen und war etwas verwirrt darüber.

„Frau Viehmann, soll ich Sie wieder mit zurücknehmen? Bis zu Ihrem Auto vielleicht? Oder ganz bis in die Stadt? Es dauert vielleicht noch eine Viertelstunde."

„Ja, danke, das ist sehr freundlich. Ich warte hier unten."

Dorothee brauchte Frau Niburg gar nicht zu fragen. Als sie mit der Arbeit begann, fing die alte Frau von selbst an zu erzählen.

„Vierzig Jahre war Streit! Oder – warten Sie – das muss jetzt sogar zweiundvierzig Jahre her sein. Über vier Jahrzehnte!"

„Streit? Wer hat sich denn gestritten?"

„Die Viehmanns und wir. Es fing damit an – ja, Moment, womit hat es eigentlich angefangen? War es das

Erste, dass sie unseren gebrauchten Traktor kauften, der dann zwei Tage später so kaputt ging, dass er ein neues Getriebe brauchte? Oder war es die Auseinandersetzung im Gesangverein, wo beide im Vorstand waren, mein Mann und Elses Vater? Ist ja auch egal, jedenfalls kam eins zum anderen und es ..."

„Stützen Sie sich bitte hier gut ab, Frau Niburg!"

„Ja – ah – gut. Danke für Ihre Mühe! Wo war ich ...? Ach ja, Hass entstand, immer mehr Hass. Vor Jahren, als mein Mann gestorben war, wollte ich mal einen Versuch zur Versöhnung machen. Ich haben einen Brief geschrieben. Aber der kam zurück mit dem Vermerk: Annahme verweigert."

„Und jetzt ist Frau Viehmann gekommen, um sich mit Ihnen zu versöhnen?"

„Ja, stellen Sie sich vor! Nach 42 Jahren! Das heißt, sie war ja damals noch ein Kind. Aber sie sagt, sie will den Hass nicht erben."

„Bitte eine Faust machen!" Dorothee setzte geschickt die Spritze. Während sie den Kolben langsam drückte, bemerkte sie: „Ist ja löblich. Ich verstehe auch, dass Sie sich freuen, Frau Niburg, dass die Sache aus der Welt geschafft ist. Aber musste das denn ausgerechnet heute sein? Am zweiten Advent, bei dickem Schnee, mit Sommerreifen? Ich meine, nach zweiundvierzig Jahren wäre es auf ein paar Tage ja auch nicht mehr angekommen. Es soll wieder Tauwetter geben."

„Ich weiß nicht – Sie können sie ja danach fragen, wenn Sie sie im Auto mitnehmen. Ich bin jedenfalls sehr froh, dass sie heute gekommen ist. Am Ende hätte ich's sonst nicht mehr erlebt."

„Ach, Frau Niburg, was reden Sie da! Sie können noch lange leben!"

Die alte Frau lächelte und schwieg wie jemand, der es besser weiß, aber nicht unbedingt Recht bekommen muss.

Als die zwei Frauen nebeneinander in dem Renault saßen und behutsam den Berg hinunterfuhren, fragte Dorothee wirklich, denn es interessierte sie: „Frau Niburg hat mir erzählt, dass Sie sich heute nach langem Streit der Familien versöhnt haben."

Frau Viehmann nickte nur. Und doch war es mehr als nur eine Bestätigung. Ihr glückliches Lächeln und der Glanz ihrer Augen schien das Nicken zu einem fröhlichen und festen „Ja" zu machen.

„Warum denn ausgerechnet heute? Bei glatten Straßen?"

„Es tut mir Leid, dass ich ..."

„Nein, nein, darauf wollte ich nicht hinaus. Sie haben sich ja auch schon entschuldigt. Und alles wieder gut gemacht. Ich meine das wirklich als Frage. Warum ausgerechnet heute? Hatten Sie ... hatten Sie Angst, sie stirbt bald?"

„Auch, ja. Aber mehr noch, weil ... Ich war heute Morgen im Gottesdienst." Sie schwieg, als ob das schon eine ausreichende Erklärung wäre.

„Ja, und?"

„Jesus kommt wieder, hat der Pfarrer gesagt. Und wie findet er uns dann? Vielleicht kommt er heute und sucht bei uns Liebe, aber da ist nur Hass und Unversöhnlichkeit ..."

„Aber Frau Viehmann! Ist diese Vorstellung nicht etwas ... wie soll ich sagen ...?"

Aber sie brauchte nichts zu erklären, denn ihre Beifahrerin fuhr fort: „Und wenn er uns in den Himmel holen will, verstehen Sie, in seine Herrlichkeit, soll ich dann sagen: Ich komme gern, Herr Jesus, aber nur, wenn keiner von Niburgs da ist?"

Sie waren bei dem VW-Bus angekommen.

„Soll ich hier halten?"

„Ja, bitte. Runter komme ich mit dem Auto sicher."

Dorothee stieg mit aus. „Ich will Ihnen erst mal helfen, dass Sie aus dem tiefen Schnee rauskommen."

Sie meinte, das wäre sie ihr schuldig. Aber ein bisschen war da auch der Wunsch, das Gespräch noch eine Weile fortzusetzen.

Das ging dann allerdings doch nicht. Sie schob, der Wagen kam frei, sie stieg in ihren Renault und fuhr vorsichtig das Gefälle hinunter. Der VW-Bus folgte noch vorsichtiger.

„Wenn Jesus wiederkommt!", murmelte Dorothee und schüttelte leicht den Kopf. „Noch vor dem nächsten Tauwetter! Dass Leute so was glauben! Andrerseits – wenn man überhaupt damit rechnet – warum dann erst in ferner Zukunft, warum nicht heute?"

Sie durchstieß eine kleine Schneewehe. Es war etwas Wind aufgekommen. Das konnte noch unangenehm werden, und sie war froh, dass ihre Aufgabe in Waldhausen erledigt war.

Während sie sich nur halb auf die Fahrt konzentrierte, arbeitete ein anderer Teil ihres Gehirns an der Antwort auf die selbst gestellte Frage.

Jetzt fand sie eine: Das Wiederkommen Jesu in ferner Zukunft zu erwarten war schön unverbindlich. Es für heute zu erwarten war unangenehm konkret. Für ihren Geschmack zu konkret. Aber nüchtern betrachtet durfte ihr Geschmack eigentlich keine so große Rolle spielen bei Gottes Planung der Geschichte. Eigentlich – dachte sie – eigentlich ist Glaube nur wirklich Glaube, wenn er konkret ist.

„Für meinen Geschmack glaubt sie vielleicht ein bisschen *zu* konkret", murmelte Dorothee. „Aber was bedeutet schon mein Geschmack! Sie ist ja wohl ein einfach gestrickter Mensch. Aber glücklich."

Jetzt war sie unten und schaltete in den nächsthöheren Gang. Und sie wiederholte: „Beneidenswert glücklich."

Zwei Streichhölzer

V errückt. Einfach verrückt!" Frieder steigerte sich richtig in seinen Ärger. „Warum steckst du immer und immer wieder die abgebrannten Streichhölzer in die Schachtel zurück! Dabei hab' ich das schon hundertmal gesagt!"

„Komm, hör auf!" Simone ahnte, daß er sich nicht so bald beruhigen würde, wenn er einmal in Fahrt war. Und das am Heiligabend!

„Kannst du mir einen vernünftigen Grund nennen, außer der Bequemlichkeit, warum du immer diese Sauerei mit dem schwarzen Krümelzeug ... und dann braucht man immer erst die Brille, um zu sehen, welches Streichholz wohl noch zünden könnte, und weil man das nicht rauskriegt mit den Fingern, muss man alles ..."

„Mach doch nicht so'n Theater wegen einem Streichholz oder zweien!"

Er warf die Schachtel auf den Tisch neben das Gesteck, dessen Kerze er eigentlich anzünden wollte.

„Erstens heißt es nicht ‚wegen dem Streichholz', sondern ‚wegen des Streichholzes'. Zweitens sind es nicht nur ein oder zwei, und außerdem geht's nicht um die Zahl, sondern ums Prinzip. Und drittens ist das kein Theater, sondern ein sehr realer Vorgang!"

„Zu eins: Hör endlich auf, mich wie einen deiner Deutschschüler zu behandeln! Zu zwei: Es sind tatsächlich nur zwei verkohlte Hölzchen. Und drittens bist du ein Pedant."

Er verließ unter wortlosem Protest die Weihnachtsstube und hätte am liebsten die Tür zugeknallt, was aber nicht ging, weil Katharina davorstand und hereindrängte.

„Kann ich jetzt reinkommen, Papa?"

„Meinetwegen. Es findet aber keine feierliche Bescherung bei Kerzenschein statt. Ich hab' kein Streichholz gefunden." Er eilte in sein Arbeitszimmer. Mein Gott, wie regt die Frau mich manchmal auf!, dachte er. Na ja, mit Gott hatte das wohl nichts zu tun. Oder vielleicht doch?

Als er nach dreizehneinhalb Minuten wieder zurückkam, rief ihm Katharina entgegen: „Wo warst du denn, Papa? Mama hat mir eine Geschichte erzählt. Von den Schafen auf dem Feld von Bethlehem, wie die Engel kamen."

Er sah, wie Simone die Streichhölzer auf dem Tisch spielerisch geordnet hatte. „Es waren lauter weiße Schafe und zwei schwarze", sagte sie. Leise, aber mit einem leicht trotzigen Unterton.

„Erzählst du mir auch eine Geschichte, Papa?"

„Ja", sagte er und setzte sich neben Simone. Er legte den Arm um sie und flüsterte: „Entschuldige bitte!" Sie reagierte nicht. Katharina kletterte auf seinen Schoß.

„Also: Es war mal eine Stadt, da herrschte Dunkelheit und Kälte. Das war in der Zeit, als es noch keinen elektrischen Strom und so was gab. Die Leute hatten zwar alle Kerzen und Öfen mit Kohle. Aber sie hatten keine Streichhölzer. Sie durchsuchten alle ihre Häuser vom Boden bis zum Keller. Manchmal fanden sie eine Schachtel, aber es waren nur abgebrannte Hölzchen drin. So mussten sie schrecklich frieren und Angst haben im Dunkeln. Auf einmal aber sagte eine Stimme vom Himmel zu einigen armen Leuten: Fürchtet euch nicht! Ich verkündige euch große Freude. Seht mal im Stall nach! Da findet ihr Licht und Wärme. Und sie kamen eilend und fanden beides. Hier brannte tatsächlich eine Kerze. Sie entzündeten daran ihre Lampen, und daran entzündeten wieder alle anderen ihre Kerzen und ihre Öfen. Ich auch."

„Du?", staunte Katharina.

Simone sagte leise: „Kannst du mir auch mal Feuer geben?"

Er küsste die feuchte Stelle auf ihrer Backe weg, wie Feuer das Wasser aufleckt, wenn es nicht zu viel ist.

„Aber Kathi!", sagte Simone. „Du hast das falsche Päckchen aufgemacht! Das wollte ich Papa schenken!"

„Ach so. Na, hier hast du's, Papa." Und sie gab ihm das vergoldete Feuerzeug.

Schöne Bescherung!

Hinterher habe ich es natürlich verstanden. Und die kleine Swenja auch. Aber anfangs nicht, und auch sonst hat es keiner begriffen, und daher kam die ganze Verwirrung.

Nun will ich Sie aber nicht auch verwirren, darum erzähle ich es gleich so, dass Sie es verstehen können.

Also, die Sache war so: Wir hatten eine Adventsfeier mit der Sonntagsschule. Da kommen oft Eltern von Kindern, die sich sonst wenig in der Kirche blicken lassen. Es erfüllt sie mit Stolz, wenn ihre Kleinen auftreten und ein Gedicht herunterleiern oder im Chor mitpiepsen.

Nun kann ich Ihnen leider nicht genau sagen, wie das Verslein ging, das die Swenja gesagt hat. Ich vergesse so was schnell, und von einem einmaligen Aufsagen könnte sich auch jemand mit einem besseren Gedächtnis nicht merken. Es handelte aber vom Warten auf Weihnachten. Ein achtzeiliges Gedicht. Die siebte Zeile endete mit „Herzen". Und da endete sie auch tatsächlich. Swenja wusste die letzte Zeile nicht mehr.

Hätte sie alles gekonnt abgespult, dann hätte wahrscheinlich überhaupt niemand auf den Inhalt geachtet. Jeder hätte nur in Erinnerung behalten, dass da ein goldiges kleines Ding im Scheinwerferlicht stand und verlegen an den Knöpfen seines roten Kleidchens drehte.

Nun aber war plötzlich ein Loch entstanden. Und etwas, das nicht da ist, zieht manchmal die Aufmerksamkeit mehr auf sich als das Vorhandene.

Es lag also eine Spannung im Saal. Alle dreiundsiebzig erwachsenen Besucher hielten den Atem an. Ich war schon dabei zu überlegen, wie die verloren gegangene Zeile wohl lauten könne – vielleicht etwas mit „Schmerzen", weil es sich ja auf „Herzen" am Schluss von Zeile sieben reimen musste. Da hörte ich das Flüstern einer Sonntagsschullehrerin.

Ein Leuchten ging über Swenjas Gesicht. Der Korken sprang aus der Flasche. Munter sprudelte die letzte Zeile heraus.

Das heißt, genau genommen war es nicht die richtige Zeile. Ich sagte ja schon, später erfuhr ich, wie der Schluss lauten sollte, nämlich: „auf eine Bescherung mit Kerzen". Darauf wartete sie, wenn man einmal annimmt, dass die vorformulierten Worte des Gedichtes ihre tatsächliche Meinung ausdrückten: auf die „Bescherung mit Kerzen".

In ihrer Verwirrung aber brachte das kleine Mädchen da etwas durcheinander und sagte: „und eine Bekehrung mit Scherzen".

Niemand bemerkte die Verwechslung. Wie auch? Der Begriff „Bekehrung" ist ja in unseren Räumen nicht fremd. Alle dachten, das hätte wohl so sein müssen.

Es kam dann eine Pause im Programm, in der Geschenke an die treuesten Besucher der Sonntagsschule verteilt wurden. Swenja durfte mit austeilen.

Als sie in meine Nähe kam, hörte ich, wie der alte Herr

Kroon sie ansprach. Bekehrung sei aber eine ernste Sache, meinte er, und habe mit Scherzen ganz und gar nichts zu tun. Das hörte Tanja Freier. Sie kennen sie vielleicht, die immer so etwas Revolutionäres an sich hat. Doch, behauptete sie, Bekehrung sei eine fröhliche Sache und mit Scherzen sehr gut vereinbar. Herr Seifert mischte sich auch ein. Es sei doch ganz unwichtig, meinte er, ob Bekehrung mit oder ohne Scherzen geschehe. Hauptsache, sie geschehe überhaupt. Und er könne es nicht gutheißen, dass Swenja auf die Bekehrung warte. Darauf müsse man nicht warten, den Schritt könne man sofort vollziehen. Heute sei der Tag des Heils ...

Da protestierte aber Herr Ebermann. Es sei theologisch völlig unhaltbar, meinte er, die Bekehrung so vom Wollen des Menschen abhängig zu machen, wo sie doch letztlich Gottes Werk sei, der erwähle, wen er wolle.

Der Streit wurde immer hitziger. Da hatten wir nun die Bescherung! Swenja stand ängstlich dabei und wusste überhaupt nicht, wovon die Rede war. Nur einmal, als Herr Kroon ihr dringend riet, ihr kleines und doch schon schwarzes Herz für Jesus zu öffnen, damit er einziehen könne, antwortete sie schüchtern: „Aber da ist er doch schon."

Die Leiterin der Sonntagsschule sah sich durch die Diskussion veranlasst, die Sache wieder richtig zu stellen.

„Wir bitten um Nachsicht für eine kleine Verwechslung", sagte sie ins Mikrofon. „Swenja wartet nicht auf eine Bekehrung mit Scherzen, sondern auf eine Bescherung mit Kerzen."

Da lachten die Leute.

Aber nur kurz. Als sie ein wenig nachgedacht hatten, empfanden sie eine gewisse Enttäuschung. Kinder mögen sich ja eine Bescherung mit Kerzen sehnlich herbeiwünschen. Aber Erwachsene spüren, dass dies ein ziemlich mageres Ziel ist. Da ist eine Bekehrung, mit oder ohne Scherzen, besser. Offen gestanden – man kann zwar nicht sagen, dass wir uns danach sehnen. Aber es hört sich doch wenigstens gewichtiger an.

Später, am Ausgang, als alle zugleich in ihre Mäntel schlüpfen wollten und es darum ziemlich eng war, drängte Swenja zwischen den Erwachsenen durch, weil ihr Vater schon in der Nähe der Eingangstür stand und ihr zuwinkte.

Tanja Freier hielt das Kind auf und sagte: „Du hast uns heute eine gute Predigt gehalten, Swenja!" Das schien die Kleine aber nicht so recht zu glauben, denn sie lächelte nur verlegen.

„Nicht wahr, Herr Kroon?", fügte Tanja hinzu, und es war nicht zu übersehen, dass sie ihn provozieren wollte.

„Ein Kindergedicht ist keine Predigt!", antwortete Herr Kroon, fühlte sich jedoch verpflichtet fortzufahren: „Du hast es aber gut gemacht, Kind."

„Warum soll es keine Predigt gewesen sein?", fragte Herr Ebermann. Ein Handschuh fiel ihm aus der Manteltasche. Ehe er sich danach bücken konnte, hatte Tanja ihn schon aufgehoben.

„Danke."

„Weil eine Predigt Verkündigung des Wortes Gottes ist", antwortete der alte Herr Kroon. Er sprach nur wie nebenbei und sah den Frager auch nicht an, als wollte er damit andeuten, dass dies doch eine Selbstverständlichkeit sei, nach der man in diesem Hause nun wirklich nicht fragen müsse.

Herr Seifert wickelte sich gerade seinen Schal zweimal um den Hals. Kein frischer Wind sollte bei ihm eine Chance haben. Dabei unterstrich er: „Ein Kind kann uns natürlich mit so einem Beitrag erfreuen. Zweifellos. Aber das sollten wir nicht Predigt nennen. In Vollmacht Gottes Wort zu sagen ist …"

Der Rest ging unter, weil sich die allgemeine Aufmerksamkeit zum Ausgang richtete. Swenja hatte sich zwischen den vielen Beinen durchgezwängt und war mit einem leisen Juchzer ihrem Vater in die Arme gesprungen. Der wirbelte sie herum, so heftig, dass die alte Frau Leukert schnell zurücktrat, um nicht getroffen zu werden.

Ich weiß nicht, warum mir da dieser eine Satz von Jesus in den Sinn kam. Ich kriege ihn nicht mehr wörtlich zusammen, aber er ging ungefähr so, dass wir Erwachsenen umkehren sollen und werden wie die Kinder.

Der Schauspieler

Ich da... danke Ihnen!", sagt der leicht angetrunkene Mann zum Taxifahrer und reicht ihm einen 20-Mark-Schein. „Sch... stimmt so."

Der Taxifahrer nickt, froh, dass die Sache so gut über die Bühne ging, und braust davon. Sein Fahrgast wühlt in seiner Tasche nach dem Schlüssel. Bei der nassen Kälte und dem eisigen Wind hätte jeder andere sich sehr beeilt, ins Haus zu kommen. Aber der Mann braucht Zeit. Das ist vielleicht auch gut so, denn die kalte Luft lässt seine Gedanken ein wenig klarer werden.

Nachdem er den Schlüssel weder in der rechten noch in der linken Hosentasche gefunden hat, wendet er sich umständlich der rechten Außentasche seines gefütterten Mantels zu.

Da tritt der Mann von der Heilsarmee heran. Er hat den Angetrunkenen schon seit einer Weile beobachtet. Nun hält er den Zeitpunkt für gekommen, seine Hilfe anzubieten.

„Guten Abend! Kann ich Ihnen helfen?"

Der Mann sieht auf. In diesem Moment ertasten seine Finger den Schlüssel. Er zieht ihn heraus und hebt ihn triumphierend in die Höhe.

„Danke, Herr General, aber ich hab ihn schon!"

„Vielleicht kann ich aufschließen?"

„Moment!", sagt der Mann. „Eins wollen wir mal klarstellen, Herr Leutnant. Ich weiß Ihr Hilfsangebot zu schätzen. Ich weiß auch, dass ich ein wenig mehr als üblich getrunken habe. Aber ich bin sicher, das Schlüsselloch auch allein zu finden!"

„Ich wollte nicht aufdringlich sein."

„Sind Sie ja auch nicht, Herr Corporal, ich weiß Ihr Angebot durchaus ... ach, das sagte ich schon. Wir können uns ja fol ... folgendermaßen einigen: Ich schließe jetzt auf, und Sie bleiben in der Nähe stehen. Und sollte es wider Erwarten nicht gelingen, können Sie immer noch eingreifen."

„Gut", nickt lächelnd sein Gegenüber.

Der Mann klappert mit dem Schlüssel auf der Schlossplatte in der Nähe des Loches.

„Es ist ziemlich dunkel hier", meint der Mann von der Heilsarmee, wie um die Schwierigkeiten des anderen in einem milderen Licht erscheinen zu lassen.

Der lässt von seinem Versuch ab und wendet sich um. „Sie müssen wissen, Herr Major, ich trinke normalerweise nicht viel. Aber heute war Premierenfeier."

„Premierenfeier? Was ist das?"

„Immer wenn eine Premiere gelungen ist – ach so, Sie wissen vielleicht gar nicht, dass ich Schauspieler bin. Oder haben Sie mich schon auf der Bühne gesehen?"

„Ich gehe selten ins Theater."

„Schade, Herr Oberst, sehr schade. Sie sollten sich ‚Warten auf Godot' ansehen. Es war eine großartige Premiere heute! Darum habe ich auch ein paar Gläschen zu mir genommen."

„Ist das ein Adventsstück?"

„Ein Ad... wie kommen Sie denn darauf, Herr Hauptmann?"

„Sagten Sie nicht, es heißt ‚Warten auf Gott'?"

Der Schauspieler lacht aus vollem Hals. „Hahaha! Oh nein, ‚Warten auf Godot' heißt es, von S... Samuel Beckett. Das ist was anderes. Aber wenn Sie es irgendwie ..." Er wendet sich wieder der Haustür zu und bückt sich, damit das Gesicht auf gleicher Höhe mit dem Schloss ist. „Wenn Sie es irgendwie geistlich deuten wollen – bitte, tun Sie es! Bei Stücken dieser Art kann jeder deu ... deu ... die Deutung hineinlegen, die er will."

Er wendet sich wieder seinem Gesprächspartner zu und breitet theatralisch die Arme aus. „Alles ist möglich. Jede Inter... Interpre-ta-tion ist erlaubt. Auch eine adventliche."

„Verstehen Sie, weil Advent doch Zeit des Wartens ist. Wir warten nicht nur auf Weihnachten. Wir warten auf Jesu Wiederkommen, auf Gottes Eingreifen."

„Ich weiß, was Advent bedeutet, Herr Admiral. Ich bin in diesen Dingen gar nicht so ungebildet, wie Sie vielleicht denken."

„Das freut mich", sagt der Heilsarmist. „Vielleicht lehnen Sie dann auch nicht ab, wenn ich Sie zu unserer Advents- und Weihnachtsfeier einlade. Morgen Abend ... Ach so, da müssen Sie wohl spielen?"

„Sie haben's erfasst, Herr Kommandant!"

„Aber am Sonntagmorgen, da ist Gottesdienst. Adventsgottesdienst. Kommen Sie? Um zehn Uhr im Saal der Heilsarmee in der Karlstraße."

„Ha! Ich lade Sie ein, und Sie laden mich ein! Allerdings – bei uns kostet es Eintritt, bei Ihnen Austritt, stimmt's?"

Der Mann in der Uniform lächelt. „Man kommt auch umsonst wieder raus. Aber ich mache Ihnen einen Vorschlag. Wenn Sie am Sonntagmorgen bei uns sind, komme ich am Sonntagabend ins Theater."

„Ein fairer Vorschlag", brummt der Schauspieler und wendet sich wieder der Tür zu. Und tatsächlich – diesmal hat er Erfolg.

„Sehen Sie – schon ist die Tür offen. Herr Offizier, darf ich Sie noch zu einem Schluck in meine Wohnung einladen? Wo wir uns doch gerade so nett unterhalten haben!"

„Ich danke Ihnen für die freundliche Einladung, aber Alkohol möchte ich nicht trinken, und Sie sollten's auch genug sein lassen mit dem, was Sie schon getrunken haben."

„Ich könnte Ihnen einen Kaffee machen. Ich trinke dann auch einen. Kommen Sie mal mit, Herr Feldwebel, dann können Sie mich auch besser kontrollieren."

Er hat die Tür geöffnet und macht nun eine übertriebene Verbeugung und eine einladende Geste mit der Hand.

Drei Minuten später hantiert der Schauspieler in der kleinen Küche, während sich sein Gast im Zimmer umsieht und die Schwarzweißfotos an den Wänden studiert. Sie zeigen Bühnenszenen. Auf den meisten ist der Besitzer der Wohnung zu sehen.

„Charakterrollen", sagt der, als er das Interesse seines Gastes bemerkt, „immer Charakterrollen. Das da ist König Lear. Und hier sogar Faust. Sehen Sie mal! Und Molière habe ich gespielt. Auch das Komödiantische hab' ich drauf. Der Kaffee ist gleich fertig. Tut uns sicher gut. Ist ja schrecklich kalt draußen."

„Ich weiß noch gar nicht Ihren Namen. Ich heiße Muhrmann."

„Angenehm. Achim Wilke. Ich nehm's Ihnen nicht übel, dass Sie mich nicht kennen. Ich kenne ja auch keinen Pfarrer aus der Stadt, obwohl die auch jeden Sonntag vor den

Leuten stehen und predigen. Unsre Gesellschaft spaltet sich leider immer mehr in verschiedene Interessengruppen auf."

„So ist es, Herr Wilke. Aber dass die Frage nach Gott nur noch die Sache einer Interessengruppe ist, finde ich viel tragischer, als dass nicht alle sich für Theater interessieren."

„Das sagen Sie, Herr Feldmarschall! Jeder sieht es eben subjektiv. Ich könnte nicht leben ohne die Bretter, die die Welt bedeuten. Sehen Sie hier: Biedermann und die Brandstifter. Ich glaube – ohne anzugeben –, die Wandlungsfähigkeit ist meine Stärke. Soll ich Ihnen mal einige Beispiele ... O ja, das mach ich! Nehmen Sie Platz! Dort ist das Parkett, hier die Bühne."

Er drückt seinen Besucher in einen modernen Sessel, dessen künstlerisch wertvolle Form im umgekehrten Verhältnis zu seiner Bequemlichkeit steht, und zieht den kleinen Berberteppich vor die Tür, womit die Bühne angedeutet sein soll. Leider muss er sich dabei bücken, und als er sich wieder aufrichtet, ist ihm schwindelig. Er kann sich gerade noch rechtzeitig am Türrahmen stützen.

„Was soll ich spielen, Sergeant? Haben Sie einen Wunsch?"

„Ich verstehe doch nichts vom Theater."

„Gut, ich spiele etwas aus Ihrer Welt. Weihnachten am besten, der Jahreszeit entsprechend. Da habe ich zwar keinen vorgegebenen Text, aber das macht ja nichts. Ich will Ihnen ja nur meine Wandlungsfähigkeit ... Also, fangen wir an mit Herodes!"

Wilke hat sich immer mehr in Begeisterung hineingesteigert, je mehr vom Theater die Rede war. Offenbar hat sich dabei auch der Nebelschleier von seinem Denkvermögen etwas gelüftet, die Aussprache ist klarer und die Konsonanten kommen scharf.

„Ein fieser Typ, der König Herodes. Tyrannisch gegen

alle Untertanen, aber heuchlerisch freundlich gegen die Weisen aus dem Morgenland."

Seine Stirn zieht sich kraus, sein Blick wird finster, sein Arm schießt vor wie ein Pfeil von der Bogensehne.

„Habe ich nicht hundertmal angeordnet", ruft er, nicht übermäßig laut, aber mit schneidender Schärfe in der Stimme, „dass meinen Befehlen sofort Folge zu leisten ist? Wieso dauert es dann so lange, bis die Schriftgelehrten erscheinen? Das ganze Land, mein Land, füllen sie mit ihrem gelehrten Geschwafel, halten die Leute von der Arbeit ab, machen sich ein gutes Leben und liegen anderen auf der Tasche! Aber wenn man sie mal braucht, sind sie nicht da! Wer nicht vor Mitternacht hier ist, wird meinen Zorn zu spüren bekommen! Sag ihnen das! Und nun ab!"

Kerzengerade hat er gestanden. Jetzt wendet er sich zur anderen Seite und verbeugt sich ein wenig. Ein zauberhaftes Lächeln, das einen Eisberg zum Schmelzen bringen könnte, verschönt sein Gesicht.

„Seid meine Gäste, verehrte Weise aus dem Osten! Es ist mir eine große Ehre, solche berühmten Gelehrten in meinem bescheidenen Palast willkommen heißen zu können. Wein gefällig? Ein edles Getränk von den Südhängen des Karmel, süß und schwer. Und vielleicht ein Stück kalten Braten? Oder gekochten Fisch, heute früh im See Genezareth gefangen und in schmackhafter Sauce zubereitet? Ein paar Feigen zum Nachtisch? Für Eure Reittiere wird bestens gesorgt, meine Herren.

So, so, einen neugeborenen König sucht Ihr? Welch eine freudige Überraschung! Zwar ist mir nichts von einem solchen Kind bekannt, aber ein König kann ja nicht alles wissen! Im Gegensatz zu den Gelehrten, deren Beruf es ist, alles zu wissen, haha!"

Er lacht gekünstelt in seiner Rolle, und fast übergangslos grinst er seinen Besucher an.

„Schön, nicht? So, und jetzt – ein Hirte. Ja! Wie soll ich das anlegen? Vielleicht etwas dümmlich. Ich könnte auch den wilden Gesellen zeigen, den kräftigen Naturburschen oder den Außenseiter der Gesellschaft. Aber das macht einige Schwierigkeiten, solch einen Charakter durchzuhalten, wenn er nachher vor der Krippe knien soll. Nein, besser, wir nehmen ihn einfältig."

Er sackt ein wenig zusammen, nimmt ein Sofakissen, um es wie einen Hut in beiden Händen vor dem Bauch zu drehen, stellt die Fußspitzen etwas nach innen, blickt schüchtern nach unten und murmelt: „Wenn jetzt ein Engel ... Also, das war ja ein Engel, nicht wahr? Und der hat gesagt, wir sollen nach Bethlehem gehen, da würden wir das Kind ... Ich meine, wir sollten vielleicht mal nachgucken. Ob das mit dem Stall und mit den Windeln ... Es ist ja nicht so weit. Meint ihr nicht?"

Der Heilsarmist klatscht, was den anderen sichtlich erfreut.

„Wen jetzt noch?"

„Vielleicht Josef?", schlägt der Zuschauer vor.

„Josef? Hm. Das ist schwierig. Fromme Leute kommen nicht rüber. Nicht, dass ich das nicht auch könnte! Aber negative Charaktere sind besser darzustellen oder wenigstens prägnante Typen. Aber fromme Männer? Das wirkt kitschig. Verstehen Sie, wenn es kitschig wirken soll, dann sind es dankbare Rollen, wenn ich überzeichnen darf, karikieren! Aber wenn er bei seiner Frömmigkeit positiv wirken soll ..."

Der Heilsarmeemann meint: „Ich weiß gar nicht, ob Josef überhaupt so fromm war."

„Selbst wenn nicht – auch ein treu sorgender Familienvater gibt nicht viel her."

„Dann nehmen Sie doch einen Weisen aus dem Morgenland!"

„Gute Idee!", freut sich der Schauspieler. „Ein Gelehrter, ein Wissenschaftler! Eine dankbare Rolle!"

Er beginnt auf dem Berberteppich hin- und herzugehen, legt überlegend den Finger neben die Nase, furcht nachdenklich die Stirn und doziert mit näselnder Stimme: „So haben wir es also bei der neuen astronomischen Erscheinung mit einem Phänomen zu tun, das völlig aus dem Rahmen dessen fällt, was bisher Stand wissenschaftlicher Erkenntnis war. Und ich unterstreiche hier, dass in dem Punkt unsre bisherigen Beobachtungen und empirischen Untersuchungen völlig deckungsgleich sind mit den Aufzeichnungen früherer Astronomengenerationen, soweit sie uns in den Bibliotheken Babylons zugänglich sind. Die Einzigartigkeit dieser Erscheinung gibt also durchaus zu der Überlegung Anlass, es könne sich um ein göttliches Signal handeln."

Herr Muhrmann klatscht wieder, und Herr Wilke verbeugt sich.

„Der Wirt", fällt ihm plötzlich ein. „Ja, den Wirt muss ich noch spielen. Einen mürrischen Geizkragen."

Er öffnet die Tür zu seinem Schlafzimmer und verbirgt sich dahinter, so dass nur ein Teil des Oberkörpers zu sehen ist.

„Kein Platz!", knurrt er. „Was heißt hier schwanger? Kann ich was dafür? Du siehst doch, alles ist belegt! Was ist denn noch? Ich hab zu tun! Ich hab kein warmes Plätzchen. Na ja, meinetwegen geht in den Stall. Da hinter dem Haus. Aber dass ihr ja nicht so laut seid! Und verschreckt mir den Ochsen und den Esel nicht! Den hab' ich erst vorgestern gekauft. So, nun haut ab! Und lasst mich in Ruhe!"

„Wirklich überzeugend gespielt", nickt der Besucher. „Und jetzt spielen Sie doch mal sich selbst!"

„Mich?"

„Ich meine: Sagen Sie mir doch mal, wer Sie sind! Sie

spielen andere Charaktere, aber was ist Ihrer? Sie können knurrig sein, böse, einfältig, intellektuell. Aber alles nur unecht, auch wenn es echt wirkt. Wer sind Sie eigentlich?"

Der Schauspieler schließt die Schlafzimmertür und kommt heraus. „Komische Frage. Ich bin ... in erster Linie Schauspieler."

„Herodes will Jesus töten. Die Weisen suchen ihn, um anzubeten, die Hirten auch. Der Wirt weist ihn ab – aber was tut Achim Wilke mit Jesus?"

Der Gastgeber sieht seinen Besucher nur groß und etwas verwirrt an. Daraufhin fährt der fort: „Dann sage ich es Ihnen: Er spielt. Aber dieses Leben ist kein Spiel!"

Wilke wendet sich leicht schwankend einem Schränkchen zu und öffnet es mit unsicherer Bewegung: „W... wollen Sie n... nicht doch ein Gläschen, Herr Generalmajor?"

Muhrmann lächelt. „Sie waren eben schon viel nüchterner, Herr Wilke. Ich bin zwar kein Fachmann, aber jetzt spielen Sie den Betrunkenen nur."

„Ich gebe es zu", lächelt der andere. „Sie haben wohl ein gutes Auge für so was? Oder ich muss doch schlecht gespielt haben."

„Spielen ist manchmal angenehmer, als sich mit der Wirklichkeit auseinander zu setzen, nicht wahr? Nehmen Sie's mir nicht übel, Herr Wilke, Sie haben mich so freundlich eingeladen, und ich setze Ihnen jetzt auch noch zu. Außerdem wirken fromme Männer ja oft kitschig und kommen nicht rüber ..."

„Nein, nein, nehmen Sie das nicht persönlich! Ich wollte Sie nicht ... Vielleicht verstehen Sie doch ein bisschen von der Schauspielerei. Auf jeden Fall von Menschen."

Eine Weile sehen die beiden Männer sich schweigend an. Dann sagt der Uniformierte: „Wenn ich Bühnenautor wäre, würde ich darüber vielleicht ein Stück schreiben. Der allmächtige Gott, der Weltenschöpfer und -erhalter, liebt die Menschen so, dass er sich erbarmt und ein Mensch wird, ja sogar ein hilfloser Säugling, in einem Stall geboren. Ein wahrhaft dramatischer Stoff, finden Sie nicht? Schade, dass er durch Krippenspiele auch ein wenig kitschig geworden ist. Aber es ist kein Theater. Das ist das Leben, Herr Wilke. Das geschieht nicht auf Bühnenbrettern, sondern real auf dieser Erde."

Nach einigen Augenblicken lächelt er den immer noch schweigenden Schauspieler an.

„Mehr noch: Es geschieht sogar in Ihrem Leben, dass Jesus kommt. Wenn Sie ihn einlassen. Wenn Sie glauben."

Herr Wilke wendet sich zur Küche und murmelt: „Ich glaube – der Kaffee ist fertig."

Nur ein dummer Zufall?

Pascal sitzt vor seinen Weihnachtsgeschenken auf dem Teppich und ist sauer. Das Geld reicht nicht! Er hat sich vor allem Geld gewünscht, damit er das Paddelboot kaufen kann. Im nächsten Sommer will die Gruppe eine lange Fahrt durch Flüsse und Kanäle im Süden Frankreichs machen. Aber ihm fehlen noch mindestens 800 Franc.

Als Mutter vorbeigeht, greift er schnell nach einem Buch. Sie soll nicht sehen, dass er enttäuscht ist. Das gibt sonst nur wieder Ärger. Aber enttäuscht ist er.

Warum haben sie ihm kein Geld geschenkt? Er hat es sich doch so gewünscht! Stattdessen Bücher und solche Sachen! Pascal ahnt allerdings den Grund: Sie wollen nicht, dass er mitfährt. Sie haben Angst um ihn, als wenn er noch ein Kindergartenkind wäre!

Wütend steht Pascal auf, zieht sich seine Jacke und die Schuhe an und geht hinaus. Vielleicht trifft er ein paar Freunde. Und wenn nicht, ist es immer noch besser, draußen herumzulaufen, statt im Wohnzimmer unterm Weihnachtsbaum vor den vielen unnützen Geschenken zu sitzen. Über die ärgert er sich ja doch nur.

Es ist schon dunkel. Pascal schlendert die Straße hinunter. Das Einzige, was seine Laune ein bisschen hebt, ist, dass er ab und zu mit beiden Beinen in den Schneematsch springt, den die Leute an den Straßenrand gekehrt haben. Das spritzt so schön nach allen Seiten.

Vor den Gartenhecken neben den Eingängen stehen überall Mülltonnen. Die meisten quellen über von dem vielen Abfall der Festtage.

Seltsam – auf einigen Tonnendeckeln liegt etwas. Briefumschläge! Einige in die Griffe geklemmt, einige mit Klebestreifen befestigt, einige mit einem Stein beschwert. Was bedeutet das?

Pascal ist neugierig und öffnet einen der Umschläge. „Merci!", steht darauf. Darin steckt ein 20-Franc-Schein.

Da fällt es ihm ein – das war im letzten Jahr auch so: Die Leute geben den Müllmännern ein Trinkgeld. Morgen werden zum letzten Mal in diesem Jahr die Mülltonnen geleert.

Geld! Wie viel Geld liegt wohl allein in dieser Straße auf den Mülldeckeln! Wenn er sich das nun einfach mitnimmt ... Das fällt wahrscheinlich gar nicht auf. Die Bewohner haben die Umschläge abgegeben und damit sicher vergessen. Und die Müllmänner wissen ja nicht, dass da etwas war. Und außerdem liegt sowieso nicht auf jeder Tonne ein Geschenk ...

Ohne lange zu zögern schreitet Pascal zur Tat. Er blickt sich um – niemand ist zu sehen. Bei dem nasskalten Wetter läuft keiner unnötig draußen herum. Und wenn zufällig jemand zum Fenster heraussehen sollte, bemerkt er wahrscheinlich auch nichts, weil die Hecken höher sind als die Tonnen. Er darf nur nicht so lange stehen bleiben.

Es geht ganz schnell. Umschläge nimmt er mit; wenn eine extra Karte dabei ist, lässt er sie liegen. Auch drei Packungen Zigaretten und ein Schnapsfläschchen rührt er nicht an.

Als er zu Hause ankommt, seine Beute unter der Jacke versteckt, geht er schnell in sein Zimmer. Es ist zu gefährlich, das Geld jetzt zu zählen – seine Mutter könnte unverhofft hereinkommen.

Er schiebt alles unter sein Bett und geht ins Wohnzimmer. Da setzt er sich sogar hin und nimmt eins der neuen Bücher zur Hand. Zunächst ist er noch zu aufgeregt, um sich aufs Lesen zu konzentrieren, aber dann findet er das Buch gar nicht so schlecht, wie er zunächst dachte.

Am Abend, als er allein ist, holt er sein Diebesgut unter dem Bett hervor, schüttet das Geld aus und zählt. 147 Franc. Na ja, ganz schön. Aber es reicht nicht!

Am nächsten Morgen steht Pascal am Fenster und schaut den Müllarbeitern zu. Keiner scheint etwas zu vermissen. Es sind zwei arabisch aussehende Männer, wahrscheinlich Marokkaner. Da ruft sein Vater.

„Was ist, Papa?"

„Du bist ja einer! Hättest mir doch sagen können, dass Oma dir Geld zu Weihnachten geschenkt hat! Das war vielleicht peinlich eben, als ich mit ihr telefoniert habe! Sie hat gefragt, ob du dich über das Geld gefreut hast. Ich hab' natürlich ja gesagt. Wie viel war es denn?"

Pascal bleibt das Herz stehen. Der Brief von Oma! Er hat ihn gar nicht aufgemacht! Wer rechnet denn auch damit, dass sie Geld schickt! Das hat sie doch noch nie gemacht! Immer nur so'n albernes Geschreibsel, das ihn nicht interessiert: von ihren Blumen und von ihren Krankheiten und ob er, Pascal, in der Schule immer schön aufpasst. Das hat er sich ersparen wollen und den Brief ungeöffnet weggelegt. Und nachher vergessen.

Glücklicherweise ruft Mutter aus der Küche: „400 Franc! Stell dir mal vor, so viel! Sie hat mir neulich am Telefon gesagt, dass sie eine Nachzahlung gekriegt hat. Da wollte sie Pascal auch eine Freude machen."

Pascal stottert: „Ja, 400 Franc. Ganz toll."

„Dann schreib ihr aber mal einen richtigen Brief und bedank dich!", mahnt der Vater.

„Na klar! Was denkst du denn!" Pascal läuft in sein Zimmer.

Wo ist der Brief von Oma? Gestern lag er noch da, bei den anderen Überbleibseln von Weihnachten, Geschenkpapier und Kartons. In einen der Kartons hat er gestern Abend die entleerten Briefumschläge von seinem Beutezug gestopft und gleich in die Mülltonne gebracht, damit die Eltern sie nicht finden. Da muss der Brief von Oma dazwischengeraten sein ... Und eben sind die Tonnen geleert worden!

Siedendheiß wird ihm. Zunächst ist er wie gelähmt vor Schreck. Aber dann springt er auf, ruft hinüber: „Ich will mal eben zu Maurice, was besprechen, bin gleich wieder da!", und rennt los.

Die Müllmänner sind erst vorn an der Kreuzung. Gerade biegt ihr Auto nach rechts ein. Pascal rennt, so schnell er kann. Ganz außer Atem kommt er bei ihnen an.

„Bonjour, äh – Sie haben ... Also, ich hab' aus Versehen ..."

„Na", sagt einer der Marokkaner freundlich, „hol erst mal Luft!"

Der andere, ein älterer Kollege, kommt mit einer Tonne

heran. „Sag bloß, du hast was in eurer Tonne gehabt, das du jetzt zurückhaben willst."

„Ja, woher wissen Sie ..."

„Ist schon ein paarmal vorgekommen."

„Ein Brief", sagt Pascal. „Ein ungeöffneter Brief von meiner Oma. Es war so ein großer bunter Weihnachtsbaum draufgedruckt. Und mein Name stand drauf, Pascal Fresne."

„Schlag dir das aus dem Kopf, Kleiner! Den siehst du nie wieder!"

„Aber ... aber ...", Pascal kämpft gegen die Tränen an.

Der Jüngere hat inzwischen die nächste Tonne herangeholt und ausgeleert. „Na, so schlimm wird es doch nicht sein", meint er. „Sag deiner Oma, sie soll dir noch einen Brief schreiben."

Pascal steht still, während sich das Müllfahrzeug entfernt. Langsam trottet er zurück. Er ist so niedergeschlagen, dass er gar nicht merkt, wie kalt es ist, da er in der Eile keine Jacke angezogen hatte.

Am Nachmittag liegt Pascal auf seiner Bettcouch und starrt gegen die Zimmerdecke. Und da fällt ihm zum ersten Mal die merkwürdige Verbindung zwischen den beiden Ereignissen auf: Er hat die Müllabfuhr bestohlen, und die hat nun auch sein Geld genommen. Ein komischer Zufall. Oder ist es vielleicht gar keiner? Könnte es nicht eine Strafe sein? Ja, so muss es sein! Eine Strafe! Das hat er jetzt davon! Er hat den Müllmännern ihr Geld weggenommen. Ein Dieb ist er! Und es geschieht ihm ganz recht, dass er sein Geld verloren hat! Pascal schämt sich zutiefst vor sich selber. Und zugleich ärgert er sich.

„Warum weinst du, Pascal?" Plötzlich steht seine Mutter da. Sie setzt sich neben ihn.

Jetzt hat er keine Kraft mehr, sich herauszulügen. Schluchzend erzählt er alles.

Sein Vater hätte wahrscheinlich geschimpft, aber seine Mutter meint nur: „Oh, das ist schlimm, Pascal, sehr schlimm! Du darfst doch nichts nehmen, was dir nicht gehört! Du musst das Geld zurückgeben!" Das ist Pascal sowieso klar. Er muss das gestohlene Geld zurückgeben, und das Geschenkte hat er auch nicht mehr. Jetzt steht er mit leeren Händen da. Sein Boot und die Fahrt mit der Gruppe kann er abschreiben.

„Das ist nun die Strafe", presst er heraus.

„Na, Strafe würde ich nicht sagen", meint seine Mutter. „Es ist ein dummer Zufall, dass beides mit dem Müll zu tun hat. Aber Strafe – wer sollte dich denn strafen?"

„Gott vielleicht?", fragt Pascal.

Seine Mutter schüttelt den Kopf. „Du weißt, daran glaube ich nicht so richtig. Auch wenn Oma immer davon spricht. Aber ehrlich muss man trotzdem sein, auch wenn man keine Angst vor Gott hat. Wenn die Menschen miteinander auskommen wollen ..."

„Du meinst, es gibt keinen Gott, der auf uns guckt, und überhaupt, der uns gemacht hat und so?"

„Ich weiß es nicht, Pascal. Aber das ist doch auch nicht so wichtig, wie wir uns das vorstellen. Hauptsache, wir verhalten uns richtig."

„Ich finde es aber sehr wichtig!"

„Sieh mal, angenommen, Gott wäre da oben und würde uns beobachten. Dann müsste er doch ..."

Es klingelt. Die Mutter steht auf und geht zur Haustür.

„Dann müsste er doch ..." Die Worte klingen Pascal weiter im Ohr. Was müsste er dann? Dann müsste Gott die Menschen bestrafen, die Sünde tun. Das ist doch klar! Er müsste genau das tun, was er mit ihm getan hat! Gott hat ihm die 400 Franc weggenommen, weil er den Müllmännern die 147 geklaut hat. Dass seine Mutter das nicht einsehen will!

„Pascal!", ruft sie.

Er läuft zum Eingang. Draußen steht der Marokkaner von der Müllabfuhr und grinst ihn an. „Hallo! Ist das dein Brief?"

Pascal traut seinen Augen nicht. Der junge Mann streckt ihm den Brief mit dem großen, bunten Weihnachtsbaum entgegen.

„Ich hab' ihn zufällig gesehen, als ich ausgeleert habe. Er war zur Seite gerutscht. Und als ich den Weihnachtsbaum sah, hab' ich mich erinnert, was du gesagt hast."

„Da ... danke!", stammelt Pascal nur.

„Na", meint seine Mutter, „da gibt es aber noch mehr zu sagen als nur ‚danke'!"

Der Marokkaner sagt: „Ich musste sowieso auf dem Heimweg hier vorbei. Es war also kein Umweg."

„Kommen Sie doch bitte herein! Mein Sohn will Ihnen noch etwas geben. Und er hat auch etwas zu sagen."

Da hilft nun alles nichts. Pascal muss alles erzählen, während der Mann am Tisch sitzt und Mutter ihm Kaffee und Weihnachtsplätzchen hingestellt hat. Er bemüht sich auch gar nicht, etwas zu beschönigen. Am Schluss bittet er um Verzeihung, holt die 147 Franc und legt sie neben den Plätzchenteller. Die Mutter legt noch etwas dazu, dann bedanken sie sich noch einmal, wünschen dem Mann ein gutes neues Jahr und verabschieden sich an der Haustür.

Kaum ist Pascal wieder in der Wohnung, öffnet er Omas Brief. Tatsächlich – vier Hundertfranc-Scheine stecken darin.

„Ein tolles Geschenk von Oma, nicht wahr, Pascal?"

„Ganz toll!"

„Freust du dich?"

„Na klar! Vielleicht kann ich ja doch im Sommer mit."

„Mal sehen. So ein Zufall aber auch, dass der nun grade

den Brief in dem riesigen Müllberg entdeckt hat. Und auch noch gerade dieser Müllmann, der so freundlich ist!"

Pascal sieht seine Mutter nachdenklich an. „Ein bisschen viel Zufall auf einmal, findest du nicht?"

Sie antwortet nicht, räumt nur wortlos Plätzchen und Kaffeetasse weg.

Pascal hängt seinen Gedanken nach. Welche Schlussfolgerung soll er jetzt aus den Ereignissen ziehen? Erst war er sicher, Gott habe ihn gestraft. Aber wenn er nun das Geld zurückbekommen hat ...?

„Was schreibt Oma denn?"

„Ach so." Pascal zieht den Brief heraus und liest halblaut. „Mein lieber Pascal, ein frohes Weihnachtsfest wünsche ich dir – na ja, ist ja nun vorbei. – Weihnacht heißt, dass Gott zu uns Menschen kommt. Da müssten wir eigentlich Angst haben, denn wir haben uns ja gegen ihn versündigt ..."

„So was schreibt Oma immer am Anfang. Lies mal, was sie sonst noch schreibt! Wie geht's ihr?"

„Ich finde das aber wichtig! – Aber Gott kommt nicht als Richter, sondern als kleines Kind; nicht mit Zorn, sondern mit Liebe. Er will uns nicht strafen, sondern uns helfen zurechtzukommen."

Pascal blickt auf und denkt über diese Worte nach.

„Und?", fragt seine Mutter. „Wie geht's weiter? Schreibt sie etwas zu dem Geld?"

Pascal muss seine Gedanken von weit her holen. Das dauert einige Augenblicke. Dann wendet er sich wieder dem Brief zu.

„Ja, hier, weiter unten: Darum hoffe ich, dir mit den 400 Franc eine Freude zu machen. Ich bin glücklich, dass ich dich durch meine Nachzahlung mal etwas großzügiger beschenken kann. Weißt du, wir beschenken uns, weil uns Gott so reich beschenkt hat."

„Muss sie denn nun ins Krankenhaus? Gib mir mal den Brief! Du liest ja gar nicht, worauf es ankommt!"

„Doch!", sagt Pascal leise, gibt ihr den Brief und geht in sein Zimmer. Er muss in Ruhe nachdenken.

Placebos

Das war eben Schwester Gisela. Die Netteste auf der Station. Aber die andern sind auch freundlich. Gute Atmosphäre hier auf der 4 B.

Sie tun mir Leid, dass Sie jetzt über Weihnachten im Krankenhaus liegen müssen. Ich gehe heute nach Hause. Gerade noch rechtzeitig. Ich bin eigentlich schon entlassen. Warte nur noch auf einen Bekannten, der mich abholen will.

Die Blumen lasse ich Ihnen da, wenn's recht ist.

Sie haben's gut, dass Sie am Fenster liegen können. Da hätte ich auch lieber gelegen. Aber wie ich kam, war da schon besetzt. Oder belegt, sollte ich vielleicht besser sagen. Da musste ich in das Bett an der Tür. Aber ich gönne es ihm. Ich meine, jetzt, im nachhinein, gönne ich's ihm, dass er das schönere Bett hatte. Denn wenn er nicht gewesen wäre, läge ich jetzt vielleicht noch da. Bestimmt über Weihnachten.

Ja, da gucken Sie erstaunt, wie? Ein Krankenhaus voller Ärzte und Schwestern, und ein Mitpatient muss mir helfen, dass ich gesund werde! Das ist eine längere Geschichte, aber wenn Sie sie hören wollen ... Mein Bekannter kommt erst gegen eins, halb zwei.

Also, das fing so an, dass er mich fragte, ob er sein Radio anschalten dürfte oder ob mich das stört. Nee, sage ich, stört mich nicht. Aber es gibt doch Kopfhörer. Geht nicht, sagt er, der Sender, den ich hören will, kommt nicht über die Hausleitung. Ein christlicher Sender. Ach so, sage ich, na ja, von mir aus, wenn Sie's nicht zu laut machen.

Na ja, da hat er eben gehört, jeden Tag, morgens und abends, manchmal auch noch tagsüber. Er hat's leise eingestellt, das muss ich zugeben, aber ich hab' doch das eine oder andere mitgekriegt.

Mit meiner Krankheit ist es nicht besser geworden. Sie haben mir so Tabletten gegeben, aber ich war sicher, die wissen nicht richtig, was mir fehlt, und geben mir Placebos. Wissen Sie, was Placebos sind? Wirkungslose Pillen aus Mehl oder Kartoffelstärke oder sowas. Das heißt, wirkungslos sind sie oft nicht, weil die Leute glauben, sie nähmen richtige Medizin. Aber dann hilft ihnen eben ihr Glaube und nicht die Tablette. Sie müssen wissen, meine Frau war Krankenschwester. Das heißt, sie ist es noch, sie ist nur nicht mehr meine Frau; wir sind geschieden seit vier Jahren. Sie hat mal so Dinger mitgebracht und mir gegeben, als ich krank war. Ich bin auch gesund geworden, ob durch den Glauben an die Placebos oder von alleine – wer weiß das schon! Jedenfalls bin ich mir aber irgendwie veräppelt vorgekommen, als sie mir hinterher erzählt hat, dass es gar keine richtige Medizin war.

Und genau so Dinger haben sie mir gegeben. Die Größe und die Form war dieselbe, und die Farbe, so'n etwas schmutziges Weiß mit einem leichten Schimmer Rosa.

Ich hab's also nicht genommen. Warum auch? Wenn sie nicht wirken, nur der Glaube daran; aber den Glauben hatte ich ja nicht, weil ich den Trick durchschaut hatte – da brauchte ich die Pillen auch nicht!

Ach so, jetzt muss ich noch von dem Mann und seinem Radio weitererzählen. Erst habe ich ihn gelassen. Ich dachte: Wenn es ihm nützt, weil er dran glaubt, gönne ich ihm den Trost. Verstehen Sie, ich wollte ihm seinen Glauben nicht nehmen. Aber als er dann allmählich anfing, mich auch überzeugen zu wollen – also da musste ich mich wehren. Er drehte sein Kofferradio lauter und fing immer wieder ein Gespräch über diese christlichen Dinge an. Wie ihm die Sendungen helfen, wie Gott ihn tröstet und seine Angst nimmt, so was eben.

Gut, habe ich gesagt, das nehme ich Ihnen ab. Es hilft allerdings nur, weil Sie es glauben. Aber es ist Betrug. Es ist nichts zu glauben da. Und dann hab' ich ihm das Beispiel von unserer Tochter und ihrem Kanarienvogel erzählt. Das war mir eingefallen, als ich über das alles gegrübelt hatte. Ich lag ja den ganzen Tag nur da und hatte nichts zu tun. Da grübelt man eben.

Das war so: Unsere Tochter wollte immer ein Tier haben, aber weil wir zur Miete wohnten, kam kein Hund in Frage. Schließlich kriegte sie einen Kanarienvogel. Der hieß Fifi. Aber wie das bei Kindern so ist – sie hat sich nicht richtig um das Tier gekümmert. Meine Frau hat sie ermahnt, mehr mit ihm zu reden. Da hatte das Mädchen eine Idee. Sie hat eine Kassette besprochen. Ihre Mutter sollte die immer abspielen, wenn sie in der Schule war. Ich hab' die mal zufällig gehört. Das ging ungefähr so: „Mein guter Fifi! Musst dich nicht einsam fühlen! Ich bin ja bei dir! Gutes Fififlein!"

Ich hab' ihr gesagt: „Das ist Betrug! Du belügst deinen Vogel! Du sagst: ‚Ich bin bei dir', aber in Wirklichkeit ist es nur ein Tonband, du bist weit weg!"

„Macht doch nichts", sagte meine Tochter, „Hauptsache, Fifi hört meine Stimme und glaubt, dass ich da bin. Das tröstet ihn dann."

Sehen Sie, sagte ich zu dem Mann mit dem Radio, so ist das mit Ihrem frommen Sender. Er gibt Ihnen das Gefühl von Nähe und von Trost und so. Aber es ist nur das Gefühl. In

Wahrheit ist da nichts. Nur Ihr Glaube daran. Das ist wie bei einem Placebo. Na ja, und da habe ich ihm alles erzählt, dass ich die Tabletten nicht nehme und warum.

Und er? Erst hat er mir zu erklären versucht, das wäre mit dem Glauben an Jesus ganz anders. Der wäre ja extra auf die Erde gekommen, um nah bei den Menschen zu sein. Damals, in Bethlehem. Das Wort wurde Mensch, sagte er; der Satz klang so, als hätte er ihn irgendwoher. Also, da wäre nicht nur Trost, den man glaubt oder nicht, sondern etwas Fassbares. Ein Mensch eben – Jesus. Und heute wäre er auch da … Er hat da was vom Heiligen Geist gesagt, aber das kann ich nicht wiederholen, weil ich's nicht verstanden habe.

Zu dem Medikament sagte er nichts. Zunächst! Aber bei der Visite – sie standen alle ums Bett: der Professor, der Oberarzt, der Stationsarzt und zwei Schwestern, und sie überlegten, warum es mir nur immer schlechter ging statt besser. Da sagt dieser Kerl laut: „Wie kann's denn auch besser werden, wenn er die Medizin gar nicht nimmt!"

Ich hätte ihn erwürgen können! Es gab ein Riesentheater, ich musste erklären, warum ich … Na ja, Sie können sich's sicher denken.

Zwei Tage habe ich kein Wort mit meinem Bettnachbarn geredet, so böse war ich ihm. Aber ich hab' die Tabletten genommen. Ich musste, die Schwester Gisela ist neben meinem Bett stehen geblieben und hat zugeguckt. Und siehe da – ich fühlte mich besser.

Als es dann immer weiter aufwärts ging, blieb mir nichts anderes übrig als zuzugeben, dass die Tabletten wohl doch ein wirksames Mittel enthielten. Und zweitens, dass mein Nachbar gut daran getan hatte, den Ärzten mein Geheimnis zu verraten. Und drittens, dass ich ein Blödmann gewesen war.

Sehen Sie, deshalb sagte ich: Er war an meiner Heilung

beteiligt. Wir haben uns nachher gut verstanden. Ich hab' mich sogar bei ihm bedankt. Unsere Gespräche gingen dann oft stundenlang. Hauptsächlich darüber, was er glaubt und warum. Das meiste weiß ich nicht mehr, aber einiges ist mir hängen geblieben.

Es schien mir auf einmal gar nicht mehr so abwegig, was er sagte: Es sind nicht nur die Worte in den christlichen Sendungen, die ihn trösten. Es ist Christus selbst, der bei ihm ist. Die Sendungen helfen ihm nur, sich daran zu erinnern und es immer wieder glauben zu können. Aber – verstehen Sie – glauben eben nicht so, dass man sich einredet, da wäre etwas, wo doch gar nichts ist, nur weil Glauben so schön ist. Nein, er hat gesagt: Glauben bedeutet Festhalten an dem, der wirklich da ist. Wirklich da – seit dem ersten Weihnachten, damals. Auch wenn wir ihn jetzt nicht sehen.

Ach – da kommt mein Bekannter schon. Ging ja schnell. Hab' ich alles? Köfferchen, Morgenrock ...

Übrigens: Mein Mitpatient hat mich eingeladen, bei ihm zu Hause Weihnachten zu feiern. Ich bin ja sonst alleine. Finde ich richtig nett von ihm. Wir gehen zusammen in einen Gottesdienst und feiern dann in seiner Familie. Ich freu' mich drauf! Tut mir Leid, dass Sie nun hier liegen müssen über die Feiertage.

Ja, also dann: Leben Sie wohl! Und gute Besserung! Und frohe Weihnachten!

Die verlorene Tochter

Mohr."

„Guten Tag, Papa."

Zwei Sekunden lang war es still im Telefon. Dann hörte sie ein aufgeregtes: „Ines, du?"

„Ja."

„Wo bist du, Mädchen? Von wo rufst du an? So lange hast du nicht von dir hören ... Entschuldige! Das klingt nach Vorwurf, soll es aber nicht sein. Ich freue mich riesig, deine Stimme zu hören."

„Papa ..."

Sie sprach nicht weiter. Ihr Gesprächspartner freute sich aber schon, dass sie diese Anrede gebrauchte. Vor zwei Jahren, als sie ging, hatte sie nur „Alter" gesagt.

„Kommst du wieder?", fragte er leise. Es sollte werbend, aber nicht drängend klingen, und er fürchtete, das könnte schlecht gelungen sein.

„Papa, du musst doch keine Angst haben, mir einen Vorwurf zu machen. Ich hab' doch damals gegen deinen Willen ..."

„Vergiss das jetzt! Du sprichst wieder mit mir, das reicht. Das ist mehr, als ich zu hoffen ..."

„Ich will aber darüber sprechen."

„Gut, dann reden wir darüber. Aber es muss ja nicht am Telefon sein."

„Stimmt. Mein Kleingeld reicht auch sicher nicht dafür."

„Wo bist du, Ines?"

„In einer Telefonzelle."

„Kommst du?"

„Willst du das denn?"

„Natürlich, Kind! Bitte, komm!"

Sie schwiegen beide.

„Was ist das für ein Geräusch, Ines. Das hört sich wie ein Kleinkind an."

„Ja, das ist Sascha."

„Sascha?"

„Ja, mein Kind."

Wieder entstand eine Pause. Die Überraschung verschlug ihm die Sprache.

„Und das ... das Kind hast du da in der Telefonzelle auf dem Arm?", fragte er und war sich bewusst, wie dumm dieser Satz war.

„Ja."

„Es ist kalt."

„Ja, Papa, und darum und überhaupt ... Ich hab' kein richtiges Zuhause mehr ... und Sascha ..."

„Du hast ein Zuhause, Kind. Hier ist immer ein Zuhause für dich, wenn du nur willst."

„Ich habe Angst."

„Warum denn? Wovor?"

„Angst ist das falsche Wort. Ich schäme mich."

„Ines, heute ist Heiligabend. Als die Eltern von Jesus keinen Platz in der Herberge hatten ..."

„Ich bin nicht Maria. Und mein Kind ist nicht Jesus."

„Natürlich nicht. Ich wollte nur sagen: Wenn ich dich schon jeden Tag gern wieder aufnehmen würde, dann erst recht am Heiligabend."

„Das dachte ich auch. Darum traue ich mich heute anzurufen."

„Nicht, weil man Weihnachten die Familie pflegt, sondern weil ... Ach, ich will nicht predigen. Das hat dich immer geärgert."

„Nein, sprich nur weiter, Papa!"

„Weil Weihnachten der Beweis ist, dass Gott uns liebt und uns nachgeht. Mit offenen Armen, wie der Vater im Gleichnis vom verlorenen Sohn."

Das Kind quängelte. „Gleich, Sascha, ich muss nur noch mit Opa telefonieren."

„Soll ich dich holen, Ines?"

„Nein, ich habe ein Auto. Eine alte Klapperkiste zwar, aber es fährt, und auch die Heizung funktioniert."

„Hast du eine Arbeit?"

„Ich hatte – bis Sascha geboren wurde."

„Und seitdem – entschuldige, ich will nicht neugierig sein, aber es interessiert mich brennend, wie es dir ergangen ist."

„Erst hat Klaus gezahlt. Der Vater von Sascha. Aber jetzt – er ist selber arbeitslos. Ich weiß auch seit ein paar Wochen nicht mehr, wo er ist."

„Komm her, Ines. Ich verspreche dir, du sollst nicht ... nicht eingeengt werden. Wenn du gehen willst, kannst du wieder gehen ..."

„Es piept. Mein Telefongeld ist gleich alle."

„Komm, Kind!"

„Ja, in zwanzig Minuten kann ich da sein."

Sie hängte ein und nahm das Kind auf den anderen Arm. Dann verließ sie die Zelle, ging zu dem alten Nissan, setzte das Kind auf die Rückbank und stieg selbst ein. Es waren noch ungefähr fünfzehn oder zwanzig Kilometer zu fahren. Hoffentlich würde das Benzin noch so weit reichen. Aber sie konnte ja über die Nebenstrecke fahren. Das waren ein paar Kilometer weniger. Sie kannte sich aus.

Als Ines einige Minuten gefahren war, begann es wieder zu schneien. Zunächst nicht stark, aber dann wurde der weiße Vorhang immer dichter. Merkwürdig – die Hauptstraßen waren schneefrei gewesen, aber hier blieb er liegen. Weil es mehr Schnee war? Oder vielleicht, weil es hier höher war?

Ines bekam Angst und fuhr nur noch sehr langsam. Die Reifen waren ziemlich abgefahren. Sommerreifen natürlich. Zweimal drehten die Räder etwas durch, aber dann griffen sie wieder. Sie kam bis auf den höchsten Punkt.

Der Schnee lag hier schon ziemlich dick auf der Fahrbahn. Ob sie es wagen konnte weiterzufahren? Es musste noch eine steile Stelle kommen. Aber was sollte sie sonst tun? Vorsichtig ließ sie das Fahrzeug rollen. Es schien zu gehen, wenn sie sich Zeit ließ.

Auf einmal setzte der Motor aus. Das Benzin! Was sie besonders erschreckte, war, dass dadurch die Bremse nicht mehr richtig fasste. In ihrer Panik trat sie fest aufs Pedal. Zu fest. Der Wagen rutschte seitlich weg.

Ihre Gedanken überschlugen sich und blockierten sich gegenseitig. Sie konnte erst wieder klar denken, als das Auto schräg auf einer Wiese stand, einige Meter unterhalb der Straße.

Sascha weinte.

Wieder erfasste sie Panik. Was jetzt? Hier komme ich doch nicht wieder raus! Ohne Benzin schon gar nicht! Auf Hilfe warten? Welche denn? Sie hatte seit dem Telefongespräch kein fremdes Fahrzeug gesehen! An Heiligabend fahren die Leute nicht in der Gegend herum! Schon gar nicht auf dieser Wald- und Wiesenstrecke! Und erst recht nicht bei Schneegestöber!

Das aber waren für eine ganze Weile ihre einzigen klaren Gedanken. Dann setzte etwas aus. Sie hatte so viel Elend erlebt in der letzten Zeit. Jetzt weigerte sich ihr Gehirn einfach, noch mehr zu verarbeiten. Sie starrte nur hinaus ins Schneegestöber, von dem jetzt fast nichts mehr zu erkennen war, weil das Licht der Scheinwerfer immer schwächer wurde. Aber sie sah sowieso nichts mit Bewusstsein. Es war einfach Leere in ihrem Kopf. Gähnende, eiskalte Leere.

Sie kam erst wieder zu sich, als Sascha laut zu schreien anfing. Die Kälte kroch ihr von den Beinen aus den ganzen Körper hinauf.

„Ja, weine nur, mein kleiner Sascha", flüsterte sie mit heiserer Stimme. Selbst wenn das Kind die Worte hätte verstehen können – sie waren kaum zu hören gegen sein Schreien.

„Weine du für mich. Ich kann es nicht. Ich habe schon so viel geweint, weißt du, ich habe keine Tränen mehr. Und Kraft hab' ich auch keine mehr. Und einen Ausweg weiß ich auch nicht."

Ihr Kopf lag auf dem Steuerrad, und sie redete zur Hupe.

„Du hast ganz Recht, dass du schreist, Sascha. Ich würde es an deiner Stelle auch machen. Aber ich bin nicht an deiner Stelle. Du bist unschuldig da hineingeraten. Aber ich ..."

Ihre Stimme sank zu einem Flüstern ab.

„Babys dürfen schreien. Die Großen nicht. Die müssen immer richtige Worte machen. Sinnvolle Worte, auch wenn es gar keinen Sinn mehr gibt. Nachdenken müssen wir Großen und unser ganzes Elend sehen und unsere Hoffnungslosigkeit ... Und uns selbst Vorwürfe machen. Du darfst noch deiner Mama Vorwürfe machen mit deinem Schreien, aber ich ... Lange habe ich mich damit beschäftigt, andere verantwortlich zu machen, aber ... aber mir sind die Argumente ausgegangen. Und jetzt sitzen wir beide hier, Sascha, du und ich, und vielleicht findet uns jemand, wahrscheinlich aber nicht, und dann erfrieren wir, du und ich ..."

Ines schreckte auf.

Was redete sie da! Ihr Kind – erfrieren? Und sie redete davon, als wenn es das Selbstverständlichste von der Welt wäre! Ja, sie – das war etwas anderes. Für sie wäre es nicht schlimm, wenn sie einfach einschliefe und nicht mehr ... Aber Sascha!

Auf einmal hatte sie wieder Kraft. Nicht viel, aber es reichte, um auszusteigen, um das Auto herumzustapfen und das Kind herauszuheben.

„Ich würde ja Hilfe holen, mein Schatz. Aber ich kann dich doch nicht alleine hier lassen! Komm, wir gehen zusammen!"

Mit dem Baby auf dem Arm brauchte sie vier Versuche, um auf die Straße hinaufzukommen. Immer wieder rutschte sie aus und musste aufpassen, dass sie Sascha nicht aufschlug. Endlich war sie oben, völlig entkräftet.

Langsam trottete sie die Straße entlang. Es war stockfinster, und sie ahnte den Weg mehr, als dass sie ihn erkannte.

„Nun musst du nicht mehr weinen, Sascha, Mama kann dich ja auch nicht wärmer machen. Und Milch gibt es auch nicht. Komm, wir singen: Schneeflöckchen, Weißröckchen ..." Aber sie wusste nicht, wie das Lied weiterging.

„Wir singen etwas anderes. ,Leise rieselt der Schnee, still und starr ruht der See. Weihnachtlich glänzet der Wald. Freue dich, Christkind kommt bald.'"

Sie lachte, es hörte sich etwas irre an, und stammelte mit ihren vor Kälte starren Lippen: „Christkind kommt bald! Aber verlass dich nicht drauf, Sascha! Ich fürchte, es kommt niemand. Niemand kommt, Sascha. Am Heiligen Abend kommt niemand."

Die Kräfte verließen sie, und sie sackte in die Knie und fiel auf die Seite.

Ines wachte davon auf, dass sie warm gerubbelt wurde. Ein schwacher Blick – sie saß auf einem Autositz. Hinten. Neben ihr lag Sascha, leise weinend. Auf der umgekippten Rückenlehne des Beifahrersitzes saß jemand und rieb ihre Arme, durch eine Wolldecke hindurch.

„Papa!"

„Du bist wieder wach, Ines? Gut. Sehr gut. Schlaf nicht

wieder ein, bitte! Ich muss jetzt fahren. Du musst ins Warme und das Baby auch!"

Er stieg auf den Fahrersitz und legte den Gang ein. Der Motor lief noch, und der Ventilator der Heizung summte auf der stärksten Stufe.

„Ich habe mir Sorgen gemacht, als du nicht kamst. Du hattest gesagt, zwanzig Minuten. Da bin ich dir entgegengefahren. Erst die falsche Strecke, unten auf der Bundesstraße. Dann dachte ich, vielleicht bist du hierher ..." Er redete einfach drauflos, um sie wach zu halten.

„Wo ist denn dein Auto? Du hast doch gesagt ... Halt das Kind fest, Ines, ich hab' ja keinen Kindersitz. Hast du's?"

Er sah im Rückspiegel, dass sie das Baby auf den Schoß nahm und nickte.

„Gesungen hast du, als ich euch fand. Oder du wolltest singen – es kamen immer nur ein paar schwache Töne raus. Was wolltest du denn singen? Du weißt es wohl nicht mehr? Macht nichts, dann singe ich; ist es dir recht?

> *Lobt Gott, ihr Christen allzugleich*
> *in seinem höchsten Thorn.*
> *Der heut' schließt auf sein Himmelreich*
> *und schenkt uns seinen Sohn ..."*

Sascha hatte aufgehört zu weinen. Er blickte nur neugierig auf den Mann, von dem er nicht wusste, dass es sein Großvater war. Dafür weinte Ines jetzt. Und das tat ihr gut.

Mit zittriger Stimme und auch etwas schief sang ihr Vater, während sie durch das wilde Schneegestöber fuhren:

> *„Heut' schließt er wieder auf die Tür*
> *zum schönen Paradeis:*
> *Der Cherub steht nicht mehr dafür.*
> *Gott sei Lob, Ehr und Preis!"*

Wie im Himmel

Du willst mich wohl veräppeln?", knurrte der Jüngere der beiden schäbig gekleideten Männer zu dem Alten hinüber, während sie durch den Schneematsch schlurften. Allerdings hoffte er selbst, dass der andere es ernst meinte.

„Wenn ich's dir doch sage! Ein Festessen, wie du es dir nicht vorstellen kannst. Mit Vor- und Nachspeise, mit Bedienung im Kerzenschein. So was Gutes hast du dein Leben lang noch nicht gesehen, schon gar nicht gegessen!"

„Und alles umsonst?"

„Kostet keinen Pfennig! Ich sag' dir – ein Gefühl wie Weihnachten!"

„Was heißt ‚wie' – es ist ja auch bald Weihnachten."

Der Alte bückte sich und fummelte an seinem linken Schuh herum. Das musste er alle zwanzig bis dreißig Schritte tun, sonst verlor er ihn, weil die Ösen für die Schnürsenkel ausgerissen waren.

„Und warum?", fragte der Jüngere und half dem anderen hoch, als der sich ächzend wieder aufrichtete. „Das Übliche?"

„Was meinst du mit ‚das Übliche'?"

„Na, zu Weihnachten werden die Leute mildtätig. Ich glaube, manche brauchen das. Ein gutes Gewissen als Teil der Weihnachtsstimmung. Sie tun es nicht für uns, sondern für sich."

Der Alte zuckte die Achseln. „Weiß nicht, kann sein. Aber das ist mir ziemlich egal. Übrigens, das Festessen gibt's nicht nur im Advent. Jeden zweiten Freitag im Monat."

„Jeden Monat? Aber ..."

„Du wunderst dich, dass ich dir noch nichts davon erzählt habe? Wir dürfen es nicht weitersagen. Eiserne

Regel unter allen, die dabei sind. Nur einmal im Jahr, vor Weihnachten, dürfen wir einen mitbringen. Nur einen. Es sterben ja auch mal welche oder sie ziehen weiter. Da ist dann Platz für Neue."

Sie verließen das Flussufer, wo Laternen den Fußweg erleuchtet hatten, und bogen in eine dunkle, enge Gasse ein.

Der Alte keuchte: „Scher dich doch nicht drum, warum sie das machen. Ob jemand sein Gewissen beruhigen will oder warum sonst. Am Ende verderben dir solche Gedanken noch den Geschmack am Essen. Genieße es einfach!"

Er blieb stehen, um zu verschnaufen. So viel redete er selten an einem Stück. Sein Atem ging röchelnd. Er blickte verträumt, aber das konnte sein Begleiter in dem schwachen Licht nicht sehen.

„Ich bin bald nicht mehr." Er ging weiter. „Ich weiß ja nicht, ob es stimmt, dass es da oben ein großes Fest gibt. Als ich noch ein Kind war, haben sie mir das erzählt. Reine Kleider, niemand hungert, niemand friert, keinem tut was weh ..."

„Wo führst du mich denn hin?", unterbrach der Jüngere. „Hier ist doch die Rückseite von dem piekfeinen Hotel!"

„Vom Hotel Olympic. Eben!"

Nachdem der Alte wieder seinen linken Schuh gesichert hatte, bogen sie um einige Nebengebäude, kamen durch einen schmalen Durchgang, der sonst mit einem eisernen Gittertor verschlossen, jetzt aber offen war, und traten auf einen Hof. Schwaches Licht und leise Musikfetzen rieselten aus den Fenstern des großen Hotels herunter.

Auf dem Hof waren Kisten und Kartons sowie einige umgelegte Mülltonnen als Sitzgelegenheiten um sechs Blechtonnen geordnet, die als Tische dienten. Auf jeder Tonne lag Besteck zwischen einigen Tannenzweigen. Eine

Kerze brannte. Auch wenn die Messer, Gabeln und Löffel nicht das beste Silber aus dem Hotel waren, wirkte es auf dem rostigen Blech merkwürdig fehl am Platze. Heruntergekommene, abgerissene Gestalten wie sie beide saßen überall und schwiegen feierlich.

Die Neuankömmlinge fanden gleich links nebeneinander Platz – auf einer Kiste, deren Aufschrift verriet, dass sie Bohnen aus Ägypten enthalten hatte.

Ein glatzköpfiger Mann in einem zerschlissenen Kleppermantel aus der unmittelbaren Nachkriegszeit beugte sich herüber und flüsterte: „Du kommst ja so spät, Alfred!"

Der antwortete ebenso leise: „Nächsten Monat komme ich vielleicht gar nicht mehr. Aber dafür habe ich einen Freund mitgebracht. Einen wirklichen Freund. Als ich krank war, hat er mir von seinem Schnaps gegeben und mir seinen Mantel geborgt."

Der Glatzkopf nickte freundlich zu dem Neuen hinüber.

Die Musik aus dem Hotel setzte sich aus vielen verschiedenen Klängen zusammen. Offenbar hatten viele Gäste ein Radio eingeschaltet, wobei jeder einen anderen Sender hörte. Aber als einer der Männer eine Melodie mitzupfeifen begann – etwas asthmatisch und durch eine Zahnlücke hindurch –, erkannten die anderen sie auch aus dem Durcheinander heraus. Der Glatzkopf begann mitzusingen und einige andere fielen ein: „Stille Nacht, heilige Nacht ..."

Eine feierliche Stimmung lag über der Versammlung auf dem Hinterhof. Alle waren erwartungsfroh, aber nicht ungeduldig.

In diesem Moment öffnete sich eine Hintertür des riesigen Hotels. Ein Koch mit hoher weißer Mütze hielt sie auf, damit die Türschließautomatik sie nicht wieder zuzog. Zwei Männer, die offensichtlich zu ihrer Gruppe gehörten, kamen heraus. So schmutzig auch ihre Kleidung war – sie hatten doch wie Kellner ein Handtuch über dem Arm liegen. Zwischen sich trugen sie eine Bohle von der Baustelle nebenan, auf der viele verschiedenartige Teller standen.

Alfred wurde seine Suppe in einer Porzellanschüssel mit Sprung serviert, seinem Freund in einem Glasschälchen. Angenehmer Duft stieg ihnen in die Nase.

Einige begannen gierig zu löffeln. Aber der Alte und auch der Glatzköpfige neben ihm beherrschten sich und sangen erst die Strophe zu Ende. Also machte der Jüngere es ihnen nach. „Christ, der Retter, ist da-ha. Christ, der Retter, ist da."

Dann aßen sie. Alfred flüsterte seinem Begleiter zu: „Gut! Die Suppen der letzten drei Tage im Olympic in fein abgestimmter Mischung. Der Chefkoch hat ein Herz für uns."

„Ach, er verschenkt wohl die Reste?"

Der Alte nickte, während er sich bemühte, vornehm zu löffeln. „Weißt du, was es noch gibt, Henner?", fragte er den Glatzkopf.

„Die Hälfte ungefähr kriegt gekrusteten Kabeljau und die anderen Schweinelende im Speckmantel. Und reichlich Bohnen. Beim Kongress der Steuerberater vorgestern kamen dreißig weniger, als angemeldet waren. Und als Nachtisch Trauben und was, das klang wie Mus. Aber nicht Apfelmus."

„Wahnsinn!", staunte der neue Gast.

„Und ganz umsonst!", ergänzte Alfred.

Henner setzte seinen Teller an den Mund, trank den Rest Suppe und brummte zufrieden: „Wie wenn Weihnachten und Ostern auf einen Tag fallen! Dabei ist nur Weihnachten!"

Alfred leckte mit langer Zunge sein Schüsselchen aus. „Ich finde, es ist wie im Himmel."

„Du weißt doch gar nicht, wie's im Himmel ist!", gab der Glatzkopf zu bedenken.

„Nein", gab der Alte zu. „Aber vielleicht ist ja da immer Weihnachten und Ostern zusammen."